百味

古冬／著

「萬物靜觀皆自得，處處留意皆文章。」作者以敏銳的觀察力，流暢的文筆，把生活中平淡的「青菜豆腐」，繪成一冊百味紛陳的文字美饌。

紛陳

前言

　　兩位洛城作協的朋友約好一同出書，有人提議會長也要出一本，共襄盛舉。沒想到，一個簡單的動議，竟會迅速傳開，至目前為止，已有四個州十位文友來電表示樂意參與，並得到了台灣秀威資訊科技股份有限公司林世玲小姐的鼎力支特，因此決定出版《北美華文作家系列》。以《百味紛陳》打頭陣，乃表示珠玉在後，好書陸續有來的意思。

　　我實在稱不上作家，只是喜歡塗抹而已。感覺有點像情慾和食慾，有衝動時提筆，發表就滿足了。有人說作家有思想，有頭腦，是靈魂工程師。那是指大作家而言，像古冬這樣不見經傳，作品便宜過豆腐，仍要廢寢忘餐，就是文奴、笨豬。不過不要緊，吃得鹹魚抵得渴，明天依舊搜腸刮肚，依舊樂此不疲！

　　我還算幸運，一生中遇到幾位好編輯。其實我也當過編輯，還寫過劇本，然而想當「作家」倒是從商之後的事。以短篇小說為主，先後向兩家報刊投石問路，意外地都給登了，於是喜不自勝，一腳踏進泥淖，「誤入歧途」。移民美國後輟筆十餘載，以為要與文學決絕，又蒙兩位主編扶攜，得以散文專欄，再作馮婦。而且居然有讀者向編輯部要我的地址，寄錢來買我的書，有幾位還因此成為好朋友。所有這些，對於一位默默無聞的作者而言，是多麼的難得，我感激他們！

　　已經出過幾個集子，近年又甚少執筆，就像一名只會吃老本的笨漢，稍為值錢的東西早已典當乾淨，再拿賣剩蔗

獻醜，不免有點靦覥，有點躊躇。爽快點說，就是沒有信心，因而遲遲無法確定，哪些文章可取，哪些必須捨棄。費解的是，除了自怨自艾之外，最感到遺憾的，倒不是自己的不足，而是老編的「疏懶」。我蠻不講理地埋怨，他們惜墨如金，不給任何指引或開導，以致寫了數十年，始終停留在「摸着石頭過河」這個尷尬的階段，不見進步。

不錯，文章寫得好不好，主要是看作者的造詣。也不是不知道，如今的編輯有多忙，能有耐心看完你的稿，已經是十分難得了。不過「改文」又確是非常重要，尤其出於編輯之手。一篇未經修飾的作品，就像早上女人的素顏，一定有瑕疵。不必斧斬，有時一字之易，也如頰上添毫，令文字分外傳神。現代化妝術的訣竅，是一層又一層，細細的抹，慢慢的描，不可草率定妝。文章何嘗不是呢？後來想通了，既然老編幫不上忙，就該自己動手。說是自學也好，自娛也好，我真的「發奮圖強」，曾一口氣把兩本書塗改得面目全非。然而畢竟是「癩痢頭兒子」，到頭來總是沒有把癩痢當毛病，唯有寄望讀者朋友們多多批評和指正了。

年前在大陸出版的文集《食色男女在異域》，因幾位至親好友都看不懂簡體字，特從中抽出小部份，再刊一次，以作小補。

人有時是需要一點掌聲鼓勵的，特別在你沒有足夠信心去做一件事情時。這次出書未請名家寫序撐場，卻喜得瘂弦大師和王耀東編審來函，二位的誇獎和勉勵令我振奮。

最近發現，《美國通》把我擺上網。序文《搖扇輕笑中餐事 逍遙人生莫記愁》曾在《中餐通訊》發表，是該社老總Betty Xie小姐和吳振興先生訪問我後，由吳先生執筆的。真是

服了他們，僅憑一通長途電話，就把我和我的文章看得比我自己還要透徹。雖有「吹水」之嫌，但文章確實寫得好，所以借來一用，以壯膽色。

　　謹向瘂弦教授、Betty Xie小姐和吳振興先生致衷心感謝。

　　是為序。

二零零九年十一月於洛杉磯

輯二・目瞪口呆

輯三・鍋裡乾坤

輯四‧秀色可餐

屋裡屋外

心安身泰是居處

一、搬來搬去

　　記得剛從波士頓搬來洛杉磯時，由於一時感觸良多，曾寫下一篇〈何處是吾家〉，自言自語喟嘆了一番。其實對於多數人來說，搬家倒可能是次燕雀相賀的遷喬。至少你會因此多結交些朋友，多增加些見識，也必然多一些發展的機會。

　　人身如雀，我們必須首先尋找一個適合自己生存的環境，安頓下來，然後才有一個為明天奮鬥的基地。換句話說，搬家就是要為自己開創一片新天地，要更好的活下去。

　　儘管各有各的人生之途，但說到搬家，相信大多不離以下幾個原因：一是因為老了或窮了，要由大屋搬去小屋。後者值得同情，然而現實比人強，你總得屈就一下。前者則不失為一個好選擇，因為人老了，比較適宜聚居。如搬去康斗或柏文，花園、泳池、健身室一概不用自己操心，費用又比供屋便宜得多，何樂而不為呢！

　　其次是因為長大了或富裕了，要改善居住環境，便需換間大屋。這可是次出谷喬遷，要恭喜你了！

　　搬家的原因雖然大同小異，搬家所蘊含的意義卻不簡單。有些人全力以赴，也僅可餬口，始終做不到「居者有其屋」，而只能將將就就，搬來搬去。可是對於另外一些人而言，買屋又是那麼輕而易舉。他們除了擁有峻宇雕牆的高門大

宅之外，還有偏房、私房、金屋、銀屋。洛杉磯某地有條著名「二奶村」，裡面就有不少豪苑華屋，皆為富人們用以藏嬌納寵的外宮別院。

但請不要慨嘆世界不公平！看看多少恩怨發生在豪門之中，那時我們就更明白「金窩銀窩比不上家裡的狗窩」這句俗話的箇中道理了。美好的未來，也許就始於你下一次搬家哩。

二、大屋小屋

屋，不僅是一處遮風擋雨之所而已，一如我們身上的衣裳，不僅是一件蔽體禦寒的布料而已。庸智、高下、貧富、貴賤等等合理和不合理的社會階層劃分，常常就是從你的房子開始。而因為有了這些分別，就必定會有比較，會有想法。

說是虛榮心也好，進取心也好，人們總希望房子愈買愈貴，愈住愈大愈豪華。一幢一千來呎的獨立小屋，原是一般美國人的夢想。可是到了上世紀九十年代，由於收入普遍提高，營造商又紛紛推出地中海式典雅華麗的新設計，面積也悄悄由千餘呎擴大至三千多呎，房市便為之改觀。尤其是我們加州，由於供不應求，竟被大加炒賣，致令房價急劇飆升。到了二零零六年，幾年前以三十餘萬元買來的，已升至七、八十萬元，而以四、五十萬元買來的，就直敲百萬大關了。平白發了達的人們，心都紅了，一面擔憂這些紙上財富會否成為泡沫，一面爭相以再押、轉貸甚至次房貸等手段，進行再投資，而且目標逕指五、六千呎名副其實的大屋。而未曾做過業主的新貴，也唯恐後人，連忙趕來搭上末班車。結果房市被吹成了假大空，炒家固然吃緊，從事房貸特別是次房貸的銀行尤

為窘迫，以致終於引發一場災難性的金融海嘯，幾乎把整個世界翻轉，不可謂不可怕也！

恰恰就在這個時候，我們家買了兩幢堪稱「大屋」的房子。我們不是專家，無法預測房市的走勢，也不是炒家，圖在風暴中發橫財，只是希望有一處較為寬敞舒適的地方，好讓長者頤養天年，幼者茁壯成長，換言之就是求個心舒身泰，長住久安。相信大多數小業主都是這樣──能夠有一個安頓身心的居處，便是上天所賜的福樂。感謝神！

偶像與國旗

有些人到了美國，總覺得若有所失，生活中老像欠缺點什麼，心裡始終無法踏實。

少了些什麼呢？

古冬曾經傻呼呼地到處去找過。政府大樓、軍隊營地、大小法院、學校禮堂、銀行商號、娛樂場所……就是找不到。

閣下見過沒有呢？美國領袖的肖像。美國人不掛他們領袖的肖像。

舊香港掛英女王，台灣掛孫中山，大陸掛毛澤東。這些人不僅是領袖，同時還是人們心目中的偶像。他們無所不能，無遠弗屆。

這就教人疑惑了，美國人沒有偶像嗎？他們信仰什麼呢？心中沒有主宰，靈魂兒往哪兒擱？

原來，總統不能成為偶像。任期不過幾年，做不好還可能被轟下台，淪為玩偶。商店裡就有好幾位總統的木偶出售，都是經過誇張處理，百分之百小丑形像，誰都可以買個來把玩把玩。

我們就不能沒有偶像，而且那些偶像都一定是神聖不可侵犯的。據說若不這樣，就會天下大亂，像船沒有舵手，海上沒有燈塔和浮標。

偶像分兩種，一種是人，一種是神。這些人就是我們的領航者，我們的主子和希望，實際上也是神。你最好是既

信人，又信神。我們深信在冥冥之中，他們會為我們安排一切，因此窮也窮得心安理得，日子再苦也認命。

也許神是人造的，或者人是神造的，都一樣。心中只想著救贖，所以見神就拜。「石頭拜久也有靈」，結果拜出了滿天神佛，變得舉頭三尺有神明，隨時隨地都可以頂禮膜拜，因而愈加信神，也更怕神了。

不過美國並不太亂，不像一條沒有舵手的船。

後來終於發現，美國人也信神。美國的教堂比中國的佛堂多上許多倍，不少人還在門前或後園裝上神龕，在汽車裡掛上神像。不同之處是，他們信奉的神經常高舉著手，時刻安撫著每一個人，不像我們的佛，只是一味冷笑，永遠袖手旁觀。

於是美國人信心十足，不以為他們的國家有何不妥，並力竭聲嘶嚷著要做救世主，做國際警察。

我們常常強調要愛國，美國人卻不談這個。我們的領袖隨便講幾句話，也要子民認真學習，美國的總統發表國情諮文，倒可能招致無情的挑剔。不過當你看見美國人驕傲地揮舞著國旗的時候，便知他們也是愛國的。

並非法定，但每逢節日，美國人多會找來國旗，插在門前，掛在車上，握在手中。只見到處旗幟飄揚，一片旗海。

終於憬悟，國旗是美國的國魂。美國人手上有旗，心中有國；而這個國，又總能讓她的人民腳踏實地，安居樂業。

美國人只搖旗而不呼口號，中國人只呼口號而不搖旗。希望中國也多造一些旗，讓人人心中都有一面旗。

愛國是每個國民應有的本分。國旗鮮艷的顏色，象徵著人民沸騰的心。不論你的熱忱是自發的還是被激發出來的，在

國家需要的時候，除了高呼萬歲之外，如果同時還能舞動心中的旗，國家便會是無敵的。

等待

不知道有沒有人計算過，一個普通人的一生中，要花費多少時間去等待呢？

人生中最大的支銷，一是工作，二是睡覺，三是吃喝，第四該是等待了。但是實際上，等待很可能佔去了大部份時間。

孩子還沒有造化之前，未來的父母已經在等待了，等待賺到足夠的錢，好為他佈置一間美麗小房間，買台好鋼琴。然後才開始十月懷胎，開始等待他呱呱落地降臨人世。——誰能準確地描繪出父親在等待孩子出世時那份複雜的心情呢？是興奮的企盼，是焦灼與不安，還是又緊張又欣悅呢？在我們中國，恐怕都是心急如焚地搓著手，在產房外面踱來踱去吧！美國人就沒有那份耐性，他們會索性跑進產房去，握著妻子的手，加以催促，喝令小傢伙速速出來。

由第一聲哇叫開始，父母就在等著孩子的第一個笑靨，等他站起來叫一聲爸媽。然後，等他放學回家，等他吃飯，等他學業有成，等他成家立室。

打從啜下第一口奶起，他也懂得等待了。等父母的摟抱，等買玩具，等小朋友來玩，等師長的嘉許，等學校的成績表，等畢業文憑，等工作。

踏足社會第一天，頭一件事也是等，等公車到站，等渡海輪靠岸。這是人生的必修科，一天一來回，都要各等一次。跟著等出糧，等升職，等加薪，等夢中的小情人突然出

現。——最溫馨也最惱人的正是佳人有約，她永遠姍姍來遲。而最掃興最令人失望的，莫如乾等、白等，等了大半天不見芳蹤，不見人影了。

如果是「作家」如古冬，又有另一番滋味。開門首先開信箱，瞄報紙。大作登出來了，不由雀躍三百，喜不自勝。沒有呢？悵然若失，嗒然若喪，明日復明日，苦苦地繼續等下去。

週末喜歡上館子，又怕排長龍。尤其沒趣是吃完第一道菜，還要伸長脖子，吮著筷子頭，等第二道菜上桌。

最枯燥是在超市排隊等付款；最實惠是在銀行排隊等提款；最渺茫最無把握是等機會、等發達，但這急不來，你慢慢等好了。最急最煩燥是等的士大佬開車上路，趕搭尾班航機，偏偏遇著堵車，寸步難移。

等女朋友答應下嫁倒不急。最難熬最要命是等那支單吊紅中，急死了也不出來，眼巴巴看著上家一番截糊。

無聊的人等日落，等華燈初上，等上溫柔鄉。甚至有人等吃長糧，等上安老院。

最無良是等老頭子蒙主寵召，好繼承他那份豐厚的家財。

最令人滿懷熱望是等日出，等新生命誕生。那將是另一次循迴，是希望和快樂的延續。

不清楚在漫長的等待中，我們究竟等到了什麼，等到了多少？

有些事情是不能不慢慢地等的，如等孩子們成長。有些事情又未必是等得來的，如機會，這不僅需要我們去找，去製造，還必須及時把握才行。

讓我們一起等吧！

而我，正等待著您的批評和指教！

聖誕快樂

拆開信封，驟然跳出一串輕快的樂曲：「叮叮噹，叮叮噹……」我知道是聖誕卡，一年一度的聖誕新年又快來臨了。

未知是否因為恰近歲晚，這個本來純屬宗教信仰的節日，不知自何時起，如我們的中秋節和春節一樣，已無人追究它的來歷和真義，到時候，人們自自然然就會聚在一起，慶祝一下，熱鬧一番，因而成為一個普天同慶、舉世歡騰的大日子了。

除了互相祝賀，互相送禮，一家老少歡聚一堂吃一頓豐富的晚餐之外，由於流行寄賀卡，千里情思一卡傳，因此聖誕節和聖誕卡又成為友誼的橋樑，成為一種溝通的工具，成為各地親朋好友互相致意問好的一個特殊的日子。

「聖誕新年快樂！」打開聖誕卡，是端端正正的幾個方塊字。這位老朋友，每一年都是這句話。我也一樣。但請不要小看這幾個字，它們蘊蓄了竟年的思念，關切的問候，衷心的祝願，以及虔誠的頌禱，真是比黃金還重，比金鋼鑽還堅實。

每年到了這個時候，你會發覺自己原來朋友遍天下，聖誕卡紛紛從不同的地方寄來，又寄到不同的地方去。君子之交也好，刎頸之交也好，一年一度，就憑這一紙秀才人情，傳情寄意，互訴心曲，因而即使天涯海角，海枯石爛，也能長久維繫，友誼長存。

一張設計精緻、畫面美麗的聖誕卡，無疑令人賞心悅目，給人一種溫暖和愉快的享受，可說是一舉兩得，確是不

錯。但也有人一味追求名牌，以為愈貴愈好，那便有點市儈味道，並可能中了商人的圈套了。其實千里寄鴻毛，物輕情義重，正如上面所言，一句「聖誕新年快樂」，已經很夠份量了。

交遊廣闊的朋友，此時必定忙個不了。一來講究派頭，二來求其方便，不少人會向廠商加工訂製一批私人專用的賀卡，把要寫的字句，要說的話全部印上去，每張都一樣，像結婚請柬一般，只要套上信封，寫上收件人地址，即可投寄。這麼一來，非但省事快捷，而且相當體面。來到美國最初幾年，我也這麼做。只是後來發覺，這種做法似乎有點敷衍了事，欠缺誠意，所以近年就沒再用了。

老一輩的人寫卡，最為認真，永遠是莊重嚴謹，依足規矩，上款、賀詞、下款、時日，一定一絲不苟，可說是箇中的典範。新一代就比較瀟灑隨意，不拘一格。有人甚至趁此機會，物盡其用，把整年積欠下來的人情債，就此傾囊以償，於是洋洋灑灑，一瀉千里，一股腦兒把賀卡裡外寫得密密麻麻，不留半點空隙。當然也有乾脆俐落的，獨寫一個「Hi」字，或寫上一串「Ho」字算數。女孩子則愛畫上兩夥小紅心，表示愛你，有你的心。收到此卡的人，該「識做」了。

老美遠比我們簡單，因為買回來的聖誕卡已經印好了內容，只需在卡的右下端簽個名便了。有些僑胞依樣畫葫蘆，畫押似的大筆一揮，就此付郵。豈料人家完全看不懂英文，加上日久生疏，而你的簽名又是筆走龍蛇，十足鬼畫符，對著這樣的一張聖誕卡，就有如丈八和尚，令人一頭霧水，翻來覆去，也猜不出你是何方神聖。不過這種事其實也不必過於認

真，一年一度，例行公事，應節而已。閑來寫上幾個，貼好郵票，屆時往郵筒裡一塞，拍拍手掌，一年又過去了。

自然最好匠心獨運，別出心裁，親手設計一款與眾不同的聖誕卡，那便可以充分表達你的真誠和心思。

較多的是中庸之道，上有稱謂，下有簽署，中間就用人家印好的英文字，明快又得體。不懂英文不要緊，對方也不懂，旨在告訴你，他仍活著，也還記得你，如此而已。這種聖誕卡，有點像蜻蜓點水，點到即止。這使我想起年少時愛跳的那個集體舞，名叫找朋友，蹦到一位「朋友」面前，拍一下手，說一聲「你好，再見！」馬上又蹦開，去找另一位，於是每一個人都成了朋友。在我們的實際生活中，也真是有不少這樣的朋友，彼此在街頭相遇，漫不經心說一聲：「聖誕快樂！」，便擦身而過。當然這些都只能算是嘴皮上的朋友。可是收到聖誕卡的人，又有幾個不是記在簿子上，一年才翻出來一次，蜻蜓點水式的朋友呢！

如果除了賀卡之外，還收到一個聖誕郵包，便會喜出望外。聖誕節其實就是個送禮的節日，每人至少收到一份。小孩子最為開心，一個個眉開眼笑，收獲不少。而對節日特別寄以厚望的，當是商人了。服裝店、精品店、玩具店、糖果店，尤其是我們的餐館老板，一年盼到頭，就是盼這個大節了。

倒楣律師

很奇怪，美國人不喜歡律師。

香港人最崇拜四師，即律師、醫師、建築師與會計師。在美國，其它三師也甚為吃香，獨唯律師倒楣，不但不受歡迎，還被視為寄生蟲，常遭人白眼，被人蔑視敵視之。有些電影編導和講笑話的電視主持人，更常常挖空心思，竭盡所能，務要將律師們打入十八層地獄方覺心涼。

律師真是那麼令人反感、教人討厭的嗎？為什麼呢？

說起來倒真有點莫名其妙。就像有些人剛一露臉，就令人大為不快，卻說不出個道理來。「雖無過犯，面目可憎」該是個原因吧！可是當你了解了他，彼此成為朋友之後，你又覺得此人既可愛又可親了。

職業也一樣。像殯儀館裡的化妝師，堪稱藝術家，而且功德無量，但當他伸出手來要與你相握時，你會否想到這隻手曾經觸摸過死人而心生疑懼呢？

這個比喻也許有點不倫不類。

相信大家都知道，有事找律師，首先要見師爺。那是律師的助手。可是聽到師爺兩個字，立即使人想起舊時代那些「蠱蛹師爺」、「扭計師爺」的德性，安的沒有好心眼，出的全是鬼主意。因此事情還沒有辦，先就對律師打了個問號了。

律師的作風也著實有點與眾不同。事無大小，也不論事成與否，按時計價，他一張開嘴你就得付鈔，不像上店舖購物，可以議價，不喜歡時還可以打回頭。

其實，還在做學生的時候，他們已經與人不同了。比如學做牙醫的，一定要摸準，左邊的牙爛了，絕對不可以把右邊的好牙拔掉。可我們的未來律師呢？一開始就要學習磨嘴皮，務要把曲的說成直的。以後更是窮其終生，嘴硬到底，雄辯、詭辯、狡辯、強辯、顛倒黑白，無所不用其極。不能說「得張嘴」，但他們的確是靠一張嘴巴討生活。吃了好東西，聽了好說話，自然是「福從口入」，但「禍從口出」的古訓，總是教人心存戒備。

有人說，科學家們無法解答的疑難，律師準能給你一個圓滿的詮釋。

有人說，賊的兒子是否一定也是賊，只有律師才可以定奪。

甚至有人說，殺人放火、無惡不作的大魔頭，一經律師粉飾塗抹，轉眼會變成一位見義勇為、除暴安良的英雄好漢。

是否律師的雄才大略招人生忌，是否律師的豐厚入息令人眼紅，而致遭人誹謗，惹來是非呢？可能是。但美國人就是瞧他們不順眼，一定要向他們開炮，好為大眾「伸張正義」，「討回公道」。於是律師不斷被奚落，被挖苦，被諷刺，被貶抑和詛咒，以致成了眾矢之的，成了犯人欄中有口莫辯的被告了。

有一則笑話說：假如有一天有一萬個律師掉進大西洋海底，那將是人類最大的喜訊了。

在一齣電影裡，有人問一位商人，既然他那麼討厭律師，為什麼又要聘用律師呢？商人回答說，律師就像核子彈，人家有了，你不能沒有，否則就被人家欺負，可是一旦有誰動用了它，世界就完蛋了。

　　又有一個笑話，有醫生、教授、律師三人一同坐船出海。突然風大浪高，船給刮翻了，人都掉進海裡去。海中不時有鯊魚出沒，大家都說，三個人一定是凶多吉少，完了。果然，醫生從此再無音訊，教授也失了蹤影。只有律師，僥倖地飄流到一個荒島，被船家救了回來。人們不禁要問，律師怎麼可以單獨活下來呢？講故事的人回答說，原來鯊魚與律師係屬同類，都是吃人族，大家惺惺相惜，所以大白鯊饒了他一命。

　　律師簡直成了人們的眼中釘，去之而後快了！

　　但，律師可能是被冤枉了，錯判了。他們也曾義正詞嚴，力挽狂瀾，救人於死地，解人於厄困，還人以清白的。現在，又有哪一位明辨是非之士，來為他們鳴冤雪恥，主持公道，做一個公正嚴明的好律師呢！

代溝

　　近二、三十年來，由於科技和物質文明的突飛猛進，幾乎使年輕一代完全改了樣，仿彿一下子飛離了地平線，遠離了軌道，從而成為一些老人眼中的異端。

　　另一方面，在這年頭，人實在又老不得，因為老了就不容易跟得上潮流，就會糊塗，會老土。當你摸索著在尋找那一副老花眼鏡時，世界可能已經變了幾變，無論你有沒有成為時代的絆腳石，時代都不會為你停留。漸漸地，你也就成為年輕人心中的老怪了。

　　有人說，這就叫做代溝。不過由於感受不同，看法不一，「代溝」一詞，一直還是眾說紛紜，莫衷一是。

　　下面幾個小故事，不知道和「代溝」有沒有關連。

一、斟茶

　　老一輩的中國人，總認為待人不可無禮，即使遇到死對頭，也是應該先禮而後兵。因此不論親家到訪，抑或鄰里串門，無不隆而重之，禮義周全，噓寒問暖、煙酒茶水不在話下，大焉者，更要烹龍炮鳳、宰豬屠羊，總之務須令對方開開心心、舒舒服服為止。於是朋友遍天下，知交滿華堂。

　　愣小子卻不以為然。你說他愣，他說你懵。無利用不能成朋友，辦事首要講效益，不可以阿駝放屁，把雞毛蒜皮的小事強行屈曲扭折。

王老二就被「代」入這個「溝」，弄得一臉是灰。大年初一，輕輕快快撥通電話，想向老大拜個早年，卻不料──

「哈囉！」

「阿匹哪！我是二叔呀。你爸爸在家嗎？」

「不在。」

也不能說阿匹不對，你要找的人既然不在家，再說下去便是廢話。他已經盡了責任，回答了問題，自然就收線，你還拿著個聽筒幹嘛！

第二天清早，照往年慣例，帶備糖果手信，一家老少登門造訪。因為出門時尚早，料想老大他們還在睡覺，所以沒有先通電話。

應門的又是阿匹。

「阿匹，新年進步！爸媽起床了嗎？」

「不在家。」

「這麼早出門了！今天不是放假嗎，什麼時候回來呢？」

「不知道。」

阿匹把門開了，回房繼續睡他的覺。你沒有約好就來，先已不合規矩，摸門釘是活該，現在要走要留，與人無尤。

索性約定在茶樓會面。老二帶了老婆及兒子阿華，老大也帶了大嫂和兒子阿匹。一個大家庭兩伙人，難得高高興興來飲餐開年茶。

阿華首先為每一個人斟了滿滿一杯茶。

大嫂既驚喜又詫訝：「二叔好教育，阿華真懂事！阿匹，學下啦！」

阿匹倒是奇怪了：「茶都要人斟了才喝，不是吧！」

老子一聽惱火了：「這杯茶是阿華斟的，你就別喝！」

「OK！」阿匹也不在乎，真的就給自己斟了另一杯茶。

二、吃相

吃的時候，最能看出一個人的品性，也最能看出老少兩代的分野。但他們究竟是客氣謙讓，還是虛假矯情；是坦率爽直，還是無禮魯莽呢？又實在是見仁見智，誰也說不準。

筆者時有機會與青年朋友一起吃喝。我喜歡他們那種無拘無束、熱情奔放的直性子。在他們當中，會找到自己年輕時代的影子。當然，有時也會遇到一些看不慣的情景。

「蝦餃，我要！」

「燒賣，拿來！」

「大家喝茶啦、起筷啦！」那一套，完全多餘。人人都把愛吃的擺到自己面前，早已狼吞虎咽，還待你來發號施令！

一隻燒鴨，阿森能夠一口氣吃掉兩隻鴨腿，還揀了幾塊最厚的鴨胸肉。好味道，正對上他的胃口。

一盤飯後生果，預了每人一份的，但愛迪一個人就吃掉了大半。剩下幾塊，你再不動手，他還會吃掉。

沒有人認為有何不妥。既然是來吃，就該痛痛快快吃個夠，何必諸多作態。只有幾個老人暗自嘆息，覺得年輕一代確是與自己有點不同了。

不能說沒有教養，他們馬上就是學者專家，學問比誰都好，只能說是時代變了，世道人心有點不一樣了。

三、距離

像老陳那樣早出晚歸，每天做十多個小時工，根本無暇與兒子接近，偶然有機會一齊坐下來飲餐茶，他可能會驚覺，父子之間原來有這麼大的距離，他不止不會斟茶，甚至連筷子都不會拿。嘟噥他幾句，竟然用英語駁嘴。……你看！這小子非但不識中國字，將來還可能聽不懂中國話，一旦不再留在身邊，既不會寫信，又講不通電話，他還是你的兒子嗎？

孩子的年歲愈大，父子的距離便愈遠。終有一天他會遠走高飛，你總不能一世把他拴在床頭。

很快他會告訴，他考進了外州的大學，要離開家鄉了，或者對你說，他有了異性朋友，要搬出去住了。你也許不捨得、不高興，但孩子會為自己的未來打算，也該老懷彌慰了罷。

讀書人多半是要離鄉背井的，因為附近的學校未必盡符合他們的意願。那麼戀愛是不是定要搬離家園呢？那最好先問問自己，能不能容忍未婚子女公然在你面前與異性同居？你能，他們也不一定肯。二人世界，豈容得下兩條「老柴」橫在中間？如果你一定要倒行逆施，別的不說，萬一他們真的那麼孝順，到了四十歲仍做你的「雞仔」，那只怕你也虧為人父了。

看來做人就像做輪胎，老了就要更新，車輛才會不停的轉。而且換下來的總被堆在一邊，待人來清理。

代溝，如果可以這樣來理解的話，那是有點可怕了。

剃頭者

　　人生不如意之事常八九，上至帝王將相，下至販夫走卒，總會不時遇到一些令你氣忿、氣惱、氣結、氣沮、氣餒或如廣東人所言「氣頂」的事情。如奸臣當道，災難連連；如事業失敗，情人別抱；如夫妻齟齬，父子失和。此外還有被人貶抑、被人冷落、被人嘲笑、被人辱罵、被人誹謗、被人愚弄、被人欺騙、被人搶掠、被人姦污、被人……

　　如果身居要位，權柄在握，或可眼睛一瞪，鬍子一吹，拍案下令：「殺！」於是噹啷一聲，人頭落地，在鐵與血的交會之間，人也就冷靜下來。不過有這種權勢的人畢竟不多，倒是受盡屈辱，心裡憋悶得慌，千方百計要洩一口氣的小人物、小丈夫，比比皆是。

　　請問閣下，在你遇到不遂心、不開心的事情需要發洩一下時，有沒有奇方妙藥可以提供出來，讓大家參考參考呢？

　　竊以為，既然是無權無勇，甚至連當眾大哼一口氣的膽量都沒有，那大概只有蹬上山頂，仰天長嘯一聲，或可一抒心頭的鬱悶。不然的話，爬上懸崖，縱身一躍，來個老鷹刁魚，也不失為一條解脫之道。當然下面一定要有深水，而不能是亂石，否則粉身碎骨之外，還為親友們所不齒，那便未免太不划算了。

　　有個朋友說，他最愛跑步，自己一個人，不聲不響跑出一身大汗，然後回家淋個冷水浴，倒頭便睡，一切煩惱便會讓汗水沖掉，第二天醒來，你看到的，還是那一張傻兮兮的笑

臉，世界也還是那麼美好，就像從來不曾發生過任何不愉快事情一樣。此君無疑是一位智者，一位超人了。

舊式的女性，則多愛咬手絹，跺腳板，或把自己關在房間裡，痛哭一場。這樣做看來似乎有點不長進，不爭氣，卻不失為一個既不損人又不害己的好方法，雖已為近代婦女所摒棄，還是值得一提。

摔東西就不應該了。案頭上的擺飾，桌子上的花瓶，雖非價值連城，到底是心頭所好，讓你乒乒乓乓一陣，過癮一時，事後卻可能追悔莫及，心痛不已。

為了避免不愉快的事情發生，善於鑒貌辨色是現代人必須懂得的生活本領。聽上頭的口風，看老板的臉色，不在話下，連三歲的孩童在給下班回來的父親開門時，也會先瞧一瞧那張可愛的面孔有沒有異樣。如果是笑瞇瞇見牙不見眼，定會一躍入懷，開心得又疼又惜。但要是黑如包拯，那便糟糕得很，小傢伙會小心翼翼退到廚房，悄悄告訴母親說：「當心呀，爸爸今天不開心呢！」

把不開心的事情帶回家裡，最要不得，偏偏十個男人九個難免。女人無疑是弱者，孩子更是羔羊，但你果真是如此不濟麼？小丈夫終究還是男子漢，只揀無力反抗的弱小來出氣，算是什麼英雄？弄得家嘈屋吵還不打緊，萬一搞到妻離子散，小問題鬧出了大件事，到時你又向誰去發威呢？

但我們就只有這麼一點點氣量，怎麼辦？聽說變態行為，特別是性變態行為，與此不無關係。受了太多委屈啦，心裡實在憋得慌，好容易才挨到下班，於是把外衣往肩上一搭，以匹夫之勇，以開山鑿路的蠻勁，逕闖紅燈區，把妓女狠狠的蹂躪一番，尚不足以紓解心頭之恨，還抽出皮腰帶，要求

妓女動手，給他結結實實猛揍一頓，直至皮開肉綻，徹底鬆弛下來，才拖著空空洞洞的身子，回家去睡上一覺。如此這般，趕明兒又可照常上班，可做另一個出氣袋焉。

阿「蛇」鐵面無情，六十六哩的車速也抄牌罰款，並警告不得多嘴，否則加開一條阻差辦公罪。毫無疑問，此君一定也是給上司「K」了，憋著一肚子窩囊氣出巡，要找人出氣來了。

人生是痛苦的，教別人分擔自己的痛苦，又似乎是天經地義的。於是乎強的欺弱的，大的打小的，高級的罵低級的，一路欺壓下去，像車輪似的循環不息，世界便永遠處在一片打罵聲中，世人永遠含冤受屈，既要找人出氣，又被人拿來出氣。此正所謂：「屈人者，人亦屈之。」或者換句現成話：「剃人頭者，人亦剃其頭。」這是何苦來呢？這樣的人生，又有什麼樂趣呢？

但是不行！無論如何，回頭還是要找兩個傢伙，當著大家的面，拍一拍桌子，顯一顯威風，好洩一洩心頭的悶氣。

話說習慣

「習慣」這個字眼有點玄。每一個人都有他自己的一些習慣。其中有好的有壞的，又分大的和小的。不過不論哪一種，習之既久，都會成為慣性或本性。「習慣成自然」便是這個意思。有些小習慣可以蠻討人喜歡，但要是嗜血成習，就是一件可怕的事情了。

社會上有不少人情民法、鄉規俗例，實際上都是久習而成的。其間不乏積非成是的例子。如香港政府與新界鄉民，為女性可否繼承祖業的問題，爭議不休，就是習慣法在作祟了。

不過如果說習慣僅是一種由來已久的舊習，又似乎太籠統了一點。我們不是常聽到有人問新來的同事：「怎麼樣，習慣嗎？」你以為那是什麼意思呢？不管是誠意的關注，友善的攏絡，還是虛假的應酬，多餘的廢話，由於大家都習慣了這「習慣」，相信總會欣然答一聲：「還好，謝謝！」可是假如不用「習慣」，而用另一些意義相同，卻比較直接了當的詞兒，比方說，你行嗎？能適應嗎？做得來嗎？諸如此類，又會如何呢？可以肯定，那分明是瞧不起人，不把你當一回事了。哪怕是真的不行，聽了也會勃然色變，甚至忍不住回敬一句：「託庇託庇，以後還得請您多多提點哩！」那豈不是自討沒趣了！

幸好遇到這種情形時，總會有人出來打圓場。或者拍一拍你的膊頭，認真的解釋說：「他的意思是，你習不習慣這裡的環境？都是自己人嘛，說話就無須轉彎抹角了，你說對

不對？」或者嘻哈一笑，半開玩笑地把話岔開：「你瞧這老兄，就是老習慣！阿SIR人大量大，就當沒聽到，放他一馬啦！」於是你只得咧嘴一笑，把這件不大愉快的事情暫且放下。

可是如果這位新人是你的上司，而他又愛說：「我不大習慣這樣做。」那你可得當心了，這「習慣」就是「喜歡」的代用詞，他老擺明了自己的喜惡，以後你該會「做」了。

不過話說回來，由來已久的舊習始終還是習慣中的多數。糟糕的是，良好的習慣不易培養，而惡陋的壞習慣，總是在不知不覺中形成了。有些是戒不掉的口頭禪，如說話時總不離那麼、這個；有些是改不了的小動作，如不住的縮鼻子、眨眼睛。還虧最常見的，多是些雖無益但也無礙的小習慣，而且不少是出於心理作用久而成性的，如解手時非得把門關緊不可。要是有其他人在場，那是當然。但有時只有一個人在家，還是疑慮重重，便有點多餘了。

漫畫「老夫子」的怪模樣，相信就是這樣得來的。視力不好，開始時總是儘量把脖子伸長一點，靠近一點，不料日子有功，後來雖然配了眼鏡，還是照伸如也，因而成了畫家著墨的焦點。

不過有些習慣看似無聊，事實上又有它一定的作用。有個舊同事——你知道啦，那個年代的大陸，政治掛帥，每週兩次的分組學習，必不可缺。可這位仁兄對政治實在毫無興趣，不知是因為悶得慌了，還是一種潛意識的反抗，聽到別人誇誇其談時，他就禁不住搔起腳皮來。你曉得北方的氣候多麼乾燥，皮膚本來就有點乾裂，有點癢癢，一旦給他搔著癢處，就變得像廣東人捏香港腳，一發不可收拾。久而久之，終

於就成了習慣，後來凡是閑著，或者遇到不大遂心的事情，便會不由自主，把全副精神都集中在小腿上，搔個不停。

有位搞音樂的朋友，更加有趣。那年被調到我們單位來，獨佔一間辦公室，還配備了大鋼枱和大椅子。誰知他老人家竟然坐立不安，久久都寫不出一個音符來，大家都以為他不過是浪得虛名而已。直至有一天，連他自己也憋不住，找上人事部說：「這簡直是活受罪！我的音符可不是打屁股眼彈出來的，而是從腳板底下蹦上來的。我只要一間空房子、幾張高腳桌子。這是我創作的習慣！」原來音樂家在思考時要不停的踱來踱去。上頭明白了他的意思，就在那間空置的排練室擺了幾張高腳枱子，讓他照自己的習慣去「創」他的「作」。後來果然出了不少佳作，還得了獎哩。

總之是種種色色，無奇不有。但文章只能寫到這裡。願你有一個討人喜歡的好習慣啦！

看球相親

雖然父母已經無權作主，女兒有了男朋友，多半還是會請兩老先行過目，然後再談婚嫁的。只是你既不能太粗暴，像古人般來個擂台比武，又不能太酸腐，出副對聯來個「以文會友」，當然更不能盲摸摸就此讓女兒自己去冒險。那麼如何來測試一下這位未來女婿的品行德性呢？香港人倒有一法，屢試不爽。那就是擺個雀局，把那個「他」請到麻將枱前，大戰八圈。戰場無父子，幾經周折，終於湊出一鋪滿貫，正樂在心中，卻冷不防給上家一番截糊，看他能不勃然色變，拍枱大罵？設若依舊心平氣和，淡然一笑推牌過水（付錢），你就讓阿妹跟他看戲吃飯去好了。倒不是要他像陳季常，只是要為女兒找個比較有涵養的男人而已。

這兒不興打麻雀，父母們另有妙計，就是請他去看場球賽，特別是籃球賽。

他們確信，再也沒有更好的玩藝，能更迅速徹底暴露男人的真性情了。

在看台上，他會情不自禁，忘其所以，把自己的喜怒盡情宣洩，對自己的愛憎恣意褒貶——或為勝利的喜悅振臂高呼，縱情叫喊，或以下流的字眼，無情的詛咒，把失望加咎於那個已經滿頭大汗、力困筋乏的球員身上。

不要以為球賽是小事一樁。諸如英國的球迷大暴動，巴西人為了贏球舉國狂歡之類，都不可等閒視之。事實上，只要在觀球時稍加用心，不難窺見一些與打球無關的東西，像某一

些人乃至某一族人的品性、情操與素質等等，從而對世態有更多的了解。

　　一個「最有價值球員」之所以最有價值，是因為他們每每能在最緊要的節骨眼上，突然扭轉乾坤，化險為夷，令人嘆為觀止。NBA的球迷永遠記得那場經典的冠軍賽，當時得令的「最有價值」球員馬龍，在最後兩秒鐘，在自己的籃板下，無意中接到一個飛來的長傳，全場觀眾不由轟然起立，鼓掌歡呼。爵士隊本已贏了兩分，勝算在握，只要馬龍輕輕把球一扣，再進兩分，偉大的喬丹再偉大，也不可能為公牛隊扳回敗局，起死回生。詎料喬丹終究是喬丹，趁馬龍尚未穩住手中之球，巧妙地從他後側伸手一挑，然後一個急兜轉，馬龍還沒有弄清楚究竟是怎麼回事，他已然控球遠去，然後騰空而起，飛身一躍，但聞「插」的一聲，一個三分球從天而降，穿網而入，在最後一秒鐘以一分之微，把預備了香檳祝捷的爵士隊氣下台去，讓公牛隊再登寶座。成千上萬猶他人頓時噤若寒蟬，嗒然若喪，一句話也說不出來。假如你們那個未來姑爺也是猶他人，而此刻竟然含笑頷首，撫掌慶賀，那你趕快把女兒拖回家去吧，我敢擔保，那個傢伙要不是沒有人性，就一定是個賭徒，現在賭贏了球，正得意呢。

　　一場球賽的勝負，一個球員一分之得失，竟關乎一個地區以至一個國家的榮辱，是我們所始料不及的。引而伸之，要是有人對自己國家的昌盛感到不是滋味，倒為她的挫敗而竊喜，則不難想像，此人是什麼人，你們會不會把女兒許配給他了。

　　不少人為喬丹的引退而扼腕，認為球壇將從此失色，再也看不到令人擊節讚嘆的神奇絕技，是球壇與觀眾莫大的損

失。但是您可知道，同樣有許多人為喬丹之去而雀躍不已，覺得球壇從此會更有生氣，更有希望了？比方說，如果喬丹不走，馬龍的爵士還有翻身之日嗎？我們洛杉磯湖人還有機會奪標嗎？奧蘭多的魔術還能變下去嗎？愛之欲其生，我們寧願少一個喬丹，好教公牛讓路，好讓火箭、太陽、超音這些名隊也來一顯身手。未知你們的「他」想法如何，您又以為然否？

我們一會兒為歐尼爾排山倒海似的攻勢喝彩叫好，一會兒又為他罰球投空而切齒搥胸；我們一會兒為布萊特的靈巧與奮勇鼓掌打氣，認定他是喬丹的接棒人，一會兒又為他的品德與英雄主義感到氣餒和憤懣，大罵這小子年少得志，太不知檢點，以致弄得血氣兩虧，有心無力。絕非吹皺一池春水，這是大情大性的表現。因為我們愛洛杉磯，所以愛湖人；因為我們愛湖人，所以愛歐尼爾，愛布萊特。而且愛之愈深，期之愈切，以致不容他們稍有差池，一如您不想未來女婿稍有行差踏錯一樣。

連快艇隊這個不爭氣的二奶仔，洛杉磯人也寄以深切的期許。這孩子日前碰上聖安東尼的馬刺，竟能以龜兔賽跑的精神，打出了前所未有的最漂亮一仗，在第三節覷準對手的弱點，全力反撲，一度曾以三十多分的高比數，佔據了絕對優勢，令人驚喜不已。有人為了表示擁戴，竟當場脫去上衣，在身上寫上快艇的英文名，手舞足蹈。而對敵隊後來的接連得分，則是既失望又心痛，他們每進一個球，我們的心就像被猛力撞擊了一下，甚至大罵球證偏心，在對手投射罰球時，不約而同揮動氣棒，大喝倒彩，實行干擾。如果球員仍能把球投進去的話，又一齊長嘆一聲，彷彿連所有氣棒也一同洩了氣似的，再也不發一言。這些人都是性情中人，雖然未必盡是好

人。須知球隊是屬於大家的（其實與你我何干！）我們尚且愛得如此之深，當一旦擁有絕對私有的女人時，還能不愛得死心塌地麼？

明天又有球賽。小孫子問：湖人打嗎？快艇打嗎？我說明天他們都不打。小傢伙有點失望，又問：哪一隊離我們最近呢？我們就擁護她！瞧，近者為親了！一個多麼有情，又愛得多麼真，多麼有分寸的小人兒！

慳與貪

　　慳，𠰥嗇也，原為過份省儉的意思。不過在廣東話中，卻與「孤寒」不同，是被肯定的，並視之為美德。而貪，得而不知足也，也有雙重意義，如貪讀書，是好事，可是貪贓枉法，便不僅不光彩，且是壞德敗行了。

　　然而慳與貪，總是經常糾纏一起，混淆不清，並成了日常生活中最常見的一種心理活動反應。──什麼是心理活動呢？那可玄啦！據說即使是心理學家，都未必能了解或掌控自己的心理狀態呢！

　　有頭腦的商人，就常利用慳與貪的奇妙心理作用，把顧客玩弄於股掌之上，賺了你的錢，還教你開開心心，以為自己佔了便宜。

　　星期天的報紙特別貴，卻特別好賣，因為附送Coupons，有「著數」也。而那幾張小小的Coupons，能為多少人帶來財富，或造成損失，是我們怎麼也想像不到的。

　　美國女人的手袋裡，必有一個小包包，裡面分好幾格，分門別類收集了各種各樣的Coupons。每一張的票值由兩毛至數元不等，購物時可當現金扣除。有時要買的東西恰逢大減價，再扣去Coupons的面值，確是相宜兼大秤呢！

　　不大見中國同胞用Coupongs。「濕濕碎」，為了表示「大方」，我們寧可暗中省儉一點，也不想在大庭廣眾以「小器」示人。其實許多時候，少一點便宜的誘惑，少買些可有可無的東西，才是真正的省了錢。不過不買則矣，要買

嘛，又真能令人瞠目。六元一大包的衛生紙，今天只賣三元九，全世界都沒有這麼便宜了，就來它二三十包！公司規定每次限買三包，咱家老少就分散去買，每人買幾趟，你能不賣嗎？於是家裡的地庫成了倉庫，囤起了一批又一批的「便宜貨」。至於這叫貪還是慳，你就不用管了。

其實三元九一包的衛生紙，依然有利可圖，限購只是為了造勢，噱頭而已。而減價的最終目的，不消說是為了引你進來。不信你買了一捲衛生紙就走，再沒有別的需要。所以到頭來還是賺了你的錢。也所以有光棍佬教子——便宜莫貪！

最好笑有些人，過猶不及，常為了一張幾毛錢的減價卷，或一兩樣小東西有折扣，也老遠的開車去買。不說貨物剛好沽清敗興而歸，就算給你買到了，但扣除了交通成本與時間，是不是還划得來，你又有沒有計算過呢？

人們常說，不要只見到現的，見不到朦的。可我們常犯的，不正是這個老毛病！

還是西方人比較精明，進市場必先開列清單，甚至帶備計算機，計過算過才買。不過有些阿婆阿姆又過於瑣屑，貪到出面，難看之至。如買白菜要剝掉外頭的粗葉，買櫻桃要摘掉梗子。或者哪家公司有香水試用，便甲牌子的噴一噴，乙牌子的也噴一噴，弄得一身怪氣味，令人掩鼻。

還有葡提子要試一試，花生米要嚐一嚐。那麼又大又香的蘋果要不要咬它一口呢？由貪一時之快而至淪為高賣的，便到了無可救藥的地步了。

不過真正的大減價確實吸引人。你的桌子橫豎要換了，何不趁七折優待買張新的？這是真的慳了。

開車進城，六時以前泊車要收費，六時以後才去又如何？糟的是五時五十分已經抵達，仍入角子未免於心不甘。不巧你剛走開，抄牌的阿「蛇」就來，一塊牛肉乾往擋風玻璃一貼，一個月的工錢就此報銷，你道肉痛不肉痛？但是，誰叫你貪！

前幾天在華埠見到一位老婦人，打扮入時，衣著華貴，開著一輛頂級德製大房車，轉來轉去，一定要找個剛剛有人離開，咪表上還有剩餘時間的車位才肯泊車，你說她到底慳還是貪？

親戚宴客，只請你一人，你卻把家眷甚至朋友拉了去，既慳了飯錢，又賺了人情，當然是貪。不料人家並未打算大破慳囊，臨時將魚翅改為粉絲，鮑魚換成鮑菇，你又奈他何！

最可笑去吃自助餐，隔晚就粒米不沾，空腹以待。

朋友，你呢？有沒有試過多取了快餐店的茄醬紙巾，或者順手牽羊，拿走了酒店的肥皂毛巾？

慳和貪都是人之常情，是美德抑或敗德，也僅一線之差罷了。

七除八扣

　　王伯的兒子專科畢業，找到一份年薪三萬元的工作，一家大小好不開心。王伯一生胼手胝足，挨生挨死，總算挨到兒子出頭，掙到先人未曾拿到過的高薪水，滿以為從此可以風風光光，一家生活無憂了。

　　年薪三萬，等於月薪二千五，除去日常開銷五百，每個月還有二千積存，一年就是二萬四，三五年下來，銀仔生銀孫……王伯拗著手指盤算著，不禁樂咧了嘴。

　　且慢！兒子摸出計算機：聯邦稅、州稅、市稅合共扣除差不多四十個巴仙，即每個月實得頂多一千六百元，搬到公司附近去住，月租至少六百，來回自己開車，買車的頭款暫且不說，就當月供二百五十好了；另外還有伙食、保險、汽油、電話……毛估估算一算，少說也要一千六百五──乖乖隆咚！以後每個月還要老爸倒貼五十才應付得來！辛辛苦苦養大個孩子，為了什麼？千方百計移民美國，又是為了什麼？阿爸像個驟然被人捅破的皮球，一下子洩光了氣。

　　兒子還說要替全家人購買健康保險，費用多少尚不清楚。

　　王伯來美多年，一直打餐館工，由餐館繳稅。也聽說過美國人要納重稅，卻沒想到一份糧會被扣去四成多。至於健康保險，倒不是不想買，無奈擔子這麼重，再多一份開支，只怕一家子的生活首先就保不了。而且一向以來，各人還算壯健，投保也未必划得來。

不過近年，兩公婆好像突然老了不少，每當感到體力有點不濟，王伯心裡就不禁忐忑，萬一有個三長兩短，如何是好？兒子的話提醒了他，保險看來是該買了。聽說有些醫生就不歡迎沒有保險的病人，生怕收不到錢。餐館有個姓陳的同事，就是因為沒有投保，遲遲不敢去醫院，差一點沒有死在家中。

樓下的亞芳最冤枉，大著肚子來到美國，正滿心歡喜，以為很快可以為丈夫生個美籍小公民，豈料進了產房，做了點小手術，孩子不錯是生下來了，可是由於沒有買保險，竟平白為丈夫揹了二萬多元錢債，真是不知可喜還是可悲！

最滑稽的是，王伯的老板有個朋友，生了三個子女，現年由十歲至十四歲之間，聽說每生一個就欠下政府接生費三千多元，合計一萬多元，每人每年還一點點，要到十八歲才能還清。大家聽了覺得很可笑，為什麼不乾脆多拖幾年，等到他們會賺錢時，自己來清還呢？

在中國大陸時，儘管掙的也不多，但起碼不像美國這樣七除八扣，無端端丟了大半截！

香港雖然也沒有全民醫療保險，至少還有健全的醫藥設施，窮人家要生兒育女、醫治療理什麼的，皆可得到東華三院、瑪麗醫院等有關機構提供廉價服務。倒是堂堂大國美利堅，生與病都能要人的命！

但願王小哥運氣好，在職場上步步高陞，也就不愁納更多的稅，擔負更多的支銷了。

病中吟

「英雄最怕病來磨。」可見病之可怕，也可想而知為何一些耆艾老者，就連一個噴嚏，一聲咳嗽，都當作一個不祥之兆，一聲催命的警鐘，給嚇得惶惶然不可終日，有如驚弓之鳥了。

怕病即是怕死。不想那麼快就掉進黃泉，最好多點看醫生。可是醫生好像越來越靠不住了。打工的，多是公事公辦，心不在焉，不是想著女朋友，就是放不下那隻生蝦般亂蹦的科技股。自家出來懸壺濟世的呢，倒不是他心地不好，不想「濟」你一下，實在是忙得要命，力不從心。金圓就是時間，能抓到多少，全靠眼明手快，連自己的命幾乎都賠上了，哪裡還顧得到你老人家！結果來過十幾次，還是如同陌路，病歷翻完一次又一次，也未知你此來所為何事。與其讓一個昏了的頭和一雙麻了的手，來主宰一個脆弱的生命，還不如自己去買一瓶冰凍七喜，兩片阿士匹靈。

但七喜與阿士匹靈，終歸還是七喜與阿士匹靈。你雖然並不嬌貴，到底也是溫室裡一株草，或路上一輛老爺車，需要園丁的關顧，師傅的維修。而醫生就是你的園丁和師傅了。

為了確定這部老爺車宜否遠行，事前必須檢修檢修，結果我還是去見了醫生，那個忙得一塌糊塗好像修車師傅一般的醫生。

原來今天他的手還沒有麻，往破洞裡一探，可不得了，那個叫做「前列腺」的零件，脹得大大，得進大廠去勘查勘查！

　　惴惴然摸進一家中國人辦的化驗室——我愛找同聲同氣的人幫忙，這樣會多幾分安全感。誰知「遇人不淑」，有若女人找錯了對象，嫁錯了郎。

　　「把褲子脫下，拿紙蓋上！」一聲冷峻的呼喝，出自一名女孩之嘴——也許是女人，嫁了，但是給丈夫甩了。瞧她那副不情不願的樣子，就教人想起電影裡那些被逼為娼的新寡——我的天！怎麼可以如此咒罵一名弱質女子，一位白衣天使呢？可我敢發誓，此人真的該罵。她非但不像天使，甚至不像女人，而簡直像個鬼，嚇得我七魂丟了六魄，就差一點沒有死在她腳下！

　　對著一位年輕女子展露屁股，非吾所欲；這兒也非青樓，而是一所救人於危的醫院；姑娘當然更不是神女，倒是個手執楊枝、聖潔無比的女神哩！

　　「姑娘，我沒事吧？」經過一輪痛苦的作弄或折騰（我不知道用哪個字眼更貼切一些）之後，多麼渴望她能給我一個可以讓我稍為感到寬慰一點的微笑！

　　「一個星期後，去見你的醫生！」我心裡想，她心情不好，算啦！可要命的是，激光器的螢光幕上，赫然留下一個令人怵目驚心的畫面——一個大如鵝蛋的前列腺，中間有個箭嘴對準一個白色的東西，擺明是在說：死佬，你有難啦！

　　哎呀我的姑奶奶！七天的日子叫我怎麼過？你這不是把該向老公報的仇，都報在老夫身上了！

我家的桃樹

和人民公園、中山公園遊人如鯽的熱鬧情景完全相反，美國的公園總是冷冷清清，形同虛設。美國人都到哪裡去了？在後園，忙著呢！每一家人都有自己的後園，那是公園的縮影，長椅子、燒烤爐、鞦韆架、游泳池、滑梯……一應俱全。每一個男人又都是一名好園丁，這塊石頭要不要挪一挪，那棵小樹該修剪成什麼樣子，一花一草之間如何配合襯托，都是學問。工具房裡的傢生，比我們一家農場還要多，基本上已成為一種後園文化。

民眾的志趣品味，取決於物質條件、生活品質、風氣習尚和個人的情操與素養。

我們僑居美國，由於勤勞節儉，終於也有了一塊屬於自己的庭園。如今需要考慮的，是如何來處理這塊寶貴的、看來又好像有點多餘的土地。

雖說中國的園林藝術源遠流長，把院子打理得意趣盎然的大有人在。但是無可否認，我們當中多數是窮慣了，窮怕了，一旦有了一個偌大的院子，首先要做的，恐怕不是如何來美化它，而是怎樣把這個虛有其表的美式花園，改變成一個「有用」的中式農舍吧！於是雪豆、青豆掛滿棚架，冬瓜、西瓜爬滿一地，除了做到物盡其用，還可以大慰鄉愁，嚐到一些唯獨故鄉才有的土特產。可是沒想到，入鄉而未能隨俗，凸顯你是個異鄉人，已經引起鄰里的不滿，並告了上官府，說不定哪天「綠衣」會來敲你的門，告訴你這兒不是郊野，不是農

場，你那個雜亂無章的院子，破壞了社區的觀瞻，請你務必為大體著想，多加留意云云，你會如何？

這種情形在紐約華人聚居的地區最易見到，它們不只突出，簡直突兀，確實不大像樣。因此我常想，我們何不設法把雅俗匯於一園，找個既有實際效益，又與整體環境協調和諧的兩全之策呢？比方種樹，與其種一株不知名的雜樹，就不如種一株有經濟價值的果樹。其實不少老美都在他們的園子裡，種上幾株諸如梨子、蘋果、櫻桃、橙桔之類既可觀賞又有收成的「兩棲植物」的。就說櫻桃樹吧，形態秀美，花鮮果艷，不說果實入口那份爽甜甘香，單是瞧著樹上那些搖曳生姿的嫣紅影子，已惹得你遐想聯翩了。而橙樹在這裡，雖然不算矜貴，然枝繁葉茂，果子的成長期又長，熟了之後，金燦燦的綴滿枝頭，華美富麗之外，更帶著幾分吉祥之氣，任誰見了都會心花怒放。至於梨樹與蘋果樹，其果實的豐腴與秀美，特別是慷慨的多產，則會給你帶來一次又一次豐收的喜悅。

就算種些瓜果也無不可。把它們置於邊角，用矮欄圍起來，讓其自然又井然地成長，而不是誇張地掛滿門旁，或散亂地滾滿一地，到時除了有預期的收成之外，還可能對園子有意想不到的烘托之效。

我們也在後園種過一些蔬果。自己親手培植的東西，吃起來會感到格外鮮美。有時也不旨在吃。在某一個清晨，當你無意中瞥見一片蔥翠，又不知道這些新苗何時破土而出，心裡頭會不期然湧起一股激情，要去擁抱一下這些新生命。

最可愛是屋旁那棵桃樹，在不同季節，會以不同的姿態出現。入冬後，雖然光禿禿一絲不掛，但經過竟年的風吹雨打，已練就銅皮鐵骨，剛勁粗壯的幹枝，簡直就是力的展

示。不待春來，又急忙披上新裝，在那霞彩一般的燦爛中，你會不由自主化作一隻蜂蝶，浸酣在那寬柔純美的氛圍裡，迷了又醉。而到了仲夏，一顆顆熟透了的桃子，就像一張張抹了胭脂的小臉，未曾親近，已送來陣陣芳香。每年這個時節，我們都設一兩次桃宴，一為分享，二想藉著各位雅士的光臨，好為這個三不像的小園子，加添幾分聲靈，而不讓老美的園子專美。下次歡迎您也來！

金飾與照相機

男人身上的飾物，大多原是為女人而備的，但是不知自何時起，男人變得越來越女性化，要他們出門時不好好裝扮一下，幾乎是不大可能了。

不過，人皆愛美，只要不過不缺，莊雅得宜，有時即便出位一點，也是無可厚非的。事實上，現在的男人不僅穿金帶銀，甚至喜歡塗脂抹粉。這是時尚。

大致上說，黑人比較重視修飾，一有錢就去買戒指、項鍊或耳環。件頭愈大，顏色愈鮮艷，式樣愈誇張的，愈受他們歡迎。連龐然大物奧尼爾，這個被喻為大白鯊，一直以其排山倒海之勢馳騁於籃球場上的名將，在不上場的時候，也愛掛個小耳環，帶條大項鍊，可是誰敢說他不是一名男子漢大丈夫呢！

可以說，黑人多是唯美主義者，除了善於打扮自己之外，還喜歡給他的愛車美容添妝。或把各種各樣的飾物擺滿一車廂，或把車身噴上奪目的金漆，開出來就像一名花枝招展的非洲艷婦，務要令你的眼睛為之一亮。

必須指出，為自己戴件飾物，一如給家裡擺盆鮮花，目的主要是為了把生活點綴得更加美好一點，讓自己出落得更加高雅一點，基本上是件好事。至於以飾物傍身，則屬於生活的技巧，或者是一種變通的方法了。如越南僑胞對金飾特別有心得，就是環境使然。我們知道，越南的局勢與幣值曾經長期不穩，人們為了不讓自己的辛勞成果在傾夕之間化為烏有，唯有

將之變換成金器。特別是二、三十年前那一波接一波的流亡潮，沒有黃金是萬萬逃不出生天的。事實上，不少如今在美國生活得不錯的越南華僑，他們的生命和財產，都是用金條換回來的。這就更加證明了，只有黃金是最可靠的。他們脖子上那條粗重的金鍊，較之從前香港撈家們錶袋上的派克金筆，意義要重大得多了。

比較上，香港的男人就不怎麼喜歡金飾，覺得那是太俗氣的東西。生活方式不同，要求自當有別，名打火機、名錶、名照相機才是他們的至愛。尤其是照相機，在我們那個年代，一部配備了長短鏡頭的名廠貨，斜斜的吊在肩膀上，就好比一位優雅的女士，在她的頸項上掛了一條火光閃閃的卡地亞鑽鍊，縱使未能令人眩目，至少也自覺有一份被人欽羨的光彩。

還不僅是為了一點虛榮心而已，在上個世紀的七、八十年代，香港的男人對攝影藝術確實有過一份狂熱的愛好。每個假日，都是他們的大日子。同時也有那麼一些小明星、小歌星，樂意跟隨著這群揹滿傢伙的傢伙，跨山涉水，走遍香港每一個角落，期望有朝一日，可在攝影沙龍裡一展風采。如果你女朋友的玉照能在展覽廳裡佔得方寸之位，可與星姊們一較短長的話，那麼以後的每一個假日，她肯定是跟定你了。

攝影界有句名言：「不曾用過祿萊（Rollei），不能成為名家」。那是一部「目」字形的大型雙鏡頭反光機，又笨又重，操作起來殊不便利，不過由於使用6乘6大底片，加上有個法國名廠西氏（Zeoss）鏡頭，拍出來的照片質素極佳，為專家們所推崇，也不是沒有道理的。可惜自從瑞典出了部哈蘇（Hassel），祿萊的地位即一落千丈，雖然後來把工廠由德國

遷至新加坡，以圖減輕成本，結果還是招架不住，徹底敗下陣來。倒是該廠出產的一部袋裝式小型機，出奇的精巧，至今仍被視為難得的珍品。

假如說，大型相機中的哈蘇，有如轎車中的勞斯萊斯，那麼小型相機中的萊卡（Leica），便等於跑車中的法拉利了。自從第二次世界大戰以來，萊卡就一直是相機中的至尊，攝影愛好者夢寐以求的瑰寶。直至日製的藝康（Nikon）F型面世，才退位讓賢，以至最後不得不成為博物館中的陳跡。

儘管數位相機已經大行其道，但是論質素，論名氣，始終未有哪一種型號能取代哈蘇和藝康的位置。尤其是萊卡，在蟄伏了一些歲月之後，一只具有1000多萬容量的新型數位機一經推出，即再稱霸。

我也曾經是個周身傢伙的傢伙。移民時還運來了整箱傢伙，以為到了外洋可以一展所長，誰知完全打錯了算盤，那些東西一次也沒有用過，全部躺在地庫發了霉。看來雖然未算玩物喪志，也堪稱「敗家仔」一名了！

倒行逆走話手錶

　　不抱殘守缺，勇於進取，是歐洲社會進步的主要動力。例如鐘錶業，雖然早在1350年，德國已製成了機械鐘，可以準確報時，但人們並未因此而滿足，為了征服海洋，向未知的世界討生活，各國政府還特別設立了許多獎項，鼓勵人民發明航海計量器。終於在1846年，一名叫Lyess Nardin的人，成功製成了第一座可以攜帶的鈦質航海錶。從此歐洲人便可以乘風破浪，遨遊四海，不但為自己找到了豐富的資源，同時還為世界開拓了一個嶄新的局面。後來貝基（Berqet）又發明了不少自動錶零件，更進一步為瑞士和德國的鐘錶業奠定堅實的基礎。

　　從日晷、沙漏、水滴、染料而至機械鐘、石英鐘、原子鐘，專家們努力不懈，目的不外要為世人提供一個更精確、更便利的計量器。但當這件龐然大物被縮小至可以戴在腕上成為手錶時，它便不只是一件有用的工具，並且變得像黃金、白銀一樣，成為一件亮麗的飾物，一種足以炫耀的財富了。好比上世紀六十年代日本出產的石英手錶，堪稱是劃時代的產品，簡明、輕便、準確、美觀、便宜，乾脆點說就是價廉物美，本應可以像他們的照相機一樣，迅速取代歐洲貨的市場，又貴又笨重的瑞士名錶可以休矣。誰知不然，太便宜、太簡單的東西，就像太易到手的女人，不值一哂。有些男人追求名錶，甚於追求名車和名女人，不惜傾盡所有。於是幾近坍塌的瑞士鐘錶業，一如香港的短樁大廈，被加固了地基之後，仍能屹立不

倒，因而馳名遐邇的亞米加、勞力士等名牌，也就依舊稱霸錶壇。

手錶分男裝錶和女裝錶兩種，其中又有機械錶（包括上鍊錶和自動上鍊錶）和複雜錶（機械化的多用途錶）之別。石英手錶之所以不太值錢，如上所言，不是因為不好，倒是因為太容易做，純粹是科技產品，沒有精緻的內涵；而某些機械錶、複雜錶之所以賣得貴，也就是貴在一個「難」字，貴在有來頭。為了抬高身價，瑞士出產的名錶，大多有個日內瓦合格印章，證明確實是個準確的計時器。像近年流行的運動錶ATG，每一個錶的內肉，都是要經過五個不同檢查中心幾個星期嚴格的測試，一切都符合標準之後才裝配出廠的。業者除了視鐘錶為工業品之外，還視之為藝術品，因而每能匠心獨運，做出巧奪天工的傑作。如卡地亞的女裝錶，都是卡氏家族去印度搜購了最好的寶石之後，再來精心設計的。他們旗下的坦克車系、豹系與別出心裁的橢圓形系，幾乎沒有一款不是貴婦名媛們的至愛。至於錶王百達翡麗，更是直接以手工取勝，以貴價為標榜，當然同時也是以此來迎合和刺激顧客的心理了。

百達翡麗一隻普通的上鍊錶，售五千至六千美元（下同）；一隻有年曆，每年二月會自動調整為二十八天的自動錶，售三萬多元；而一隻有萬年曆，即潤年會自動在二月份調整為二十九天，或有月曆星期，可顯示月亮的盈虧和天上完全一樣的，則非五萬元以上不可了。此外，由於手錶平時並非平放，因而受到地心引力的干擾，為了平衡其機械的運轉，需要給它加個飛陀；或者由於你有多支錶，不常佩戴，想加個能量預告器，好隨時提醒你要不要把它們送進自動上鍊盒；又或者

輯一 屋裡屋外

你想加個鬧鐘，加枝計時用的子母針，乖乖不得了，十萬、二十萬……令人咋舌的是，去年百達翡麗出了一款量產機械錶，竟然賣六十多萬，與法拉利廠同時推出的特級跑車幾乎同價咧！

還有新近上市的Richard Mille，也是奇貴。一位朋友擁有一支，他把它拋在沙發上，看誰猜得中價錢。朋友是個十分講究服飾的有錢人，戴的穿的沒有一樣不是名牌，當然不會買支玩具錶，但那錶輕飄飄的，怎麼看也不像貴價貨，於是大家只好勉強把價錢提高，有人說五百，有人說五千，最後有人說頂多不超過五萬，誰知還是不對，後面還得加個「○」，即是五十萬（實為港幣三百多萬）！

貴錶是否一定是好錶呢？有個朋友去英國玩，在倫敦買了一支五千多元的百達翡麗上鍊錶，不料回來沒多久就不走了。不敢拿去普通錶行修理，只好等到再去英國時親自送往「門診」。誰知櫃員對他說：「你等一等，待我問他有沒有空再說。」哪個他呢？原來類似的機械錶，全世界只有六個錶廠能出產，也總共才七、八個師傅會修理。他們那兒倒佔了兩位，不過一位病了，暫時不收件，另一位則要輪籌，至快也要半年後才能交貨。朋友當堂給氣了個半死，「黑心」地想，要是連這個老傢伙也病了呢？

名錶如名車，其實不是那麼好玩的。小犬子的寶貝跑車法拉利，不就常常「回廠」嘛！

讓襯衣把你襯得更帥

　　襯衣，廣東人叫恤（Shirt）衫，原為貼身的內衣，穿上之後，外頭還應加件外套，甚至要結上領帶，才算是衣冠整齊。不過現代人但求簡便，就這麼一件單衫，再把袖口一撚，反而更見瀟灑。

　　同時年輕人又喜歡講「型」，總想把自己弄得更出眾一點。於是襯衣的角色愈演愈重，定要把主人烘托出來，讓他顯得更加俊雅才好。結果如何選擇襯衣，就成為生活中一個課題了。

　　馬球牌、帆船牌、阿曼尼、小鱷魚是近年人們一窩蜂追求的「時尚」。但偶然亮出一件Ascot Chang，倒可能顯得更加光鮮和有品味。這是來自香港的設計家Ascot Chang的傑作，各國的大型百貨公司均有專櫃。

　　Ascot Chang的品牌好在哪裡呢？據光顧過他的人說，在量身訂做時，他要量度好幾十個部位，而第一句要問的話竟然是，你戴的是什麼手錶？原來如果是運動錶或勞力士，他就要把左手的袖口做寬一點，原因是這些手錶都比較厚。這就叫做考究，就像我們寫文章，總要從細節下鑿，才易見到功夫一樣。

　　一件襯衣做得好不好，除看衣袖之外，背脊部位的剪裁也是至關重要。我們平時不太留意，其實許多人都「側膊頭」，即是膊頭邊高邊低。因此手工較好的襯衣，大多是分背

式的，即左右膊各用一塊布料，中間先用一條線分開，然後再來組合，如此便可以高低互補，側而不斜了。

襯衣是有階級性的。如穿白領（實是白袖）的，多為「斯文人」。他們經常生活在空中樓閣，上不見天，下不著地，因而領口永遠雪白。而穿藍領（應為藍袖）的，則多代表勞工階層。他們明知自己髒兮兮的，索性就用深色布料，免得老婆磨破指頭也洗不乾淨。不過無論藍領還是白領，他們的襯衣上面都要有個小口袋，好用來插枝鋼筆或裝些小工具什麼的。也就是說，這些人都是要做工，只有那些不用動手的大富賈，才可以一身光潔，襯衣上無需那個小袋袋，好教人一眼就看出，此人才是「行行企企、食飯幾味」的大波士。

因此，衣領始終是襯衣的重點。以款式而言，現代人似乎偏愛小反領。然而以舒適度而論，卻非小直領莫屬。就是領腳矮矮柔柔的那種，曾經是俄國人的最愛。至於較大的反領，即領尖兩側各有一個小紐扣，英文叫Tab Collar，又名叫有扣牛津衫的，就比較講究。原是特意為打馬球而備，免得奔跑起來時兩個領尖翻來翻去，豈料馬球未能普及，這件馬球襯衣反而風行全球，也算是個異數吧！要留意的是，領尖那兩顆小鈕，無論你打不打球，都是應該扣上的。

話說回來，與衣領直接配合的，還是衣袖。尤其是禮服中領尖作飛簷狀翹起來的那一種，倘能配個法國袖，將會相得益彰，把你襯托得愈加高貴。

原來衣袖除了講究手工之外，款式也是不少。現在最多人穿的是單筒單鈕袖。其次是法國袖，即袖口加長幾吋，穿著時反上去，再扣個小紐扣那一種。而最講究的，則叫Gauntlet，袖口部份更長一些，並加多一粒小鈕，好騰出更多

空位，以便讓手腕與手臂之間那一段可以剪裁得更好。至於有兩顆鈕的雙筒袖，和只有一顆鈕，卻多開一個小孔，好給人用來別袖口扣的假法國袖，好像就不大流行了。

　　最後要說的是，不論你喜歡哪一款襯衣，一定要質地柔軟，穿起來舒適得體，才算是上乘之選。

好一對鞋子

　　鞋子之為物，不僅僅是為了保護我們的腳，它同時還象徵著時代的腳步，與世人炎涼的目光。

　　但假如鞋子有知的話，一定會對人們的薄情寡義深惡痛絕。我們非但喜新厭舊，還常常拿它同「壞女人」相提並論。一對破了的鞋子，會被「棄之如敝屣」，絕不留情。而在封建時代，一個為了某些緣故未能堅守所謂「貞節」的女人，她的命運很可能也如爛了的鞋子，被視之為鄙賤之物。奇怪的是，女人偏偏比我們男人更重視鞋子。就在那個把女人看作鞋子的年代，如果有哪一個女子誠心為你納一對鞋子，願意讓她的情意踩在你腳下，你有福了。

　　可不要小覷你這腳下之物。由草鞋、布鞋、皮鞋、膠鞋以至特製的太空鞋，在不同的時空下所敲打出來的聲音，是鞋子主人舉足輕重的反響。一對製作精良的運動鞋，有助步履輕盈，一對光潔亮麗的皮鞋，可倍添你的威儀。我們有權欣賞女人穿著高跟鞋娜娜而過的美態，女人一樣有權透過你的鞋子來估量你的分量。據說在一些黑人聚居的地方，窮孩子穿上一對好球鞋，會像富人開出一輛閃亮的大房車，可以神氣十足地招搖過市。監獄裡的大阿哥，更要每週換一對新鞋子，以示威勢。總之無論是一對高如高蹺的鬆糕鞋，或一對薄如蟬羽的平底鞋，也不論是一對陳舊古老的繡花鞋，或一對時髦新穎的充氣鞋，都是一個潮流與時尚的記錄，也是人類智慧的一點累積。一個被人嘲為爛鞋的可憐女人，背後必定有一個可悲可嘆

而被人曲解了的故事，一對被人丟棄的破鞋子，也可能飽經風霜，曾經踩踏過幾個不同的朝代，是歷史的佐證。

買鞋應以舒適合腳為首選。民間早有「鬆鞋緊襪」之說，又有「初歸新抱頂趾鞋」之喻，若然僅是為了式樣或用料較好而購一對並不適足的鞋子，便有本末倒置，只要好看不要命之謬了。

你有多少對鞋子呢？前菲律賓總統馬可斯的老婆有五百多對！那是個例外的典型，是窮奢極侈，是暴殄天物，不會令人艷羨，只會遭人咒罵。不過不同的鞋子有不同的用途，每人常備四至五對是必要的。

穿鞋如穿衣，豐儉由人。十元一對的「無印」蹩腳貨，不見得就會穿壞你的腳；同樣，花幾百元買一對Ferragamo或Weejuns，也不會助你登上青雲之道。我們住在波士頓時，愛駕車到Maine和NewHamphire的批發店去搜購便宜貨，運氣好的話，數十元便能買到一對Dexter，或百餘元買到一對Bass甚至Colemaan。通常來路貨特別是意大利貨要比國產貨貴得多，不過並不是什麼人就非得穿什麼鞋不可，反正貨色齊備，端視各人的喜好與消費能力而定罷了。

從前鄉下人過年，必備新鞋一對，大概是要避免在新春期間去買鞋子吧，因為鞋鞋（哎哎）之聲，語欠吉利。故此我們平日送禮，也不會送鞋子。然而讀萬卷書，靠的是眼鏡，行萬里路，則瞧你的鞋子了。給自己買一對既稱心滿意又舒適合腳的鞋子啦！

轟然上路

　　華宅、名車和美眷，是天下男人夢寐以求的「三大件」。不過到了美國之後，你會發覺，華宅和美眷不可強求，只需盡力而為，自有機遇。倒是汽車，不論你富甲一方，還是窮足三代，都必須有一輛，才能邁開你的第一步。所以美國的孩子十五歲就學開車，十六歲就各奔前程。

　　許多事情起始時總是比較單純和簡易的。像汽車，如果只是為了代步，像時鐘只是為了計時，那麼只要沒有太多失誤，也就可以了。洗碗仔阿積便是這樣。有一天，他忽然興沖沖跑進廚房，大聲說：「我買了新車了！你們快來看看我的新車啦！」走出去一看，卻是一輛皮綻骨折的老爺車。然而對於阿積來說，那又確實是新車，因為這是他破天荒第一次買車，所以十分享受這輛車。

　　別看路上那些安坐勞斯萊斯後座的達官巨賈多麼逍遙，焉知他們的第一輛不也是同樣破爛不堪！值得留意的，倒不是他們現在所坐的是什麼牌子的名車，而是過去曾經走過些什麼樣的路。他們能夠把一輛破車開上坦途，證明夠馬力，至少沒有因為半途拋錨而棄車，是成功了。

　　通常，肯賣力的話，兩三年之後就可以換一輛全新小轎車──多半是輛日製小本田。這可是要比生命中第一個女人尤為重要，因為此時他已經換過好幾個。不過倘使汽車可同女人相比擬的話，倒嫌小本田有點像村女，稍欠大度，所以還得再花一筆錢，去為她添粧美顏。等到新車像新郎一樣重新亮

相，果然變得聲大氣粗，威猛不凡，轟然一聲上路，可為主人倍添行色，大壯聲勢。

接下來要換輛Pickuptruck小卡車。此刻人如其車，牛高馬大，彷彿全世界都踩在他腳下，可以目空一切，但聞轟地一聲，已然絕塵而去，因而有理無理，誰都得讓他三分。

等到把車開進蓬萊，則雞犬升天，人與車都要換新姿，繼寶馬、寶時捷之後，連老婆也加入了平治宗親會，成為青雲路上的新貴。

至此，買車已不僅是為了找個代步的工具，像你腕上的百達翡麗不僅是為了計時算刻，半山的豪宅不僅是為了遮風蔽雨，枕邊的伴侶不僅是為了傳宗接代。一輛車子開出來，你的身份、地位、家財、德性、志趣、品味乃至時運，皆昭然若揭，盡顯無遺。人們瞅一眼你的車子，馬上認得出，這是某大亨！

要論威風，不能不提一提香港政府的高官，約好似的，一色的七字頭寶馬，逢立法局開會，總是浩浩蕩蕩，一字排開，像開車展，令人不禁懷疑，他們是否收了回扣了？

荷里活人更講規矩，但凡擁有獨立公司的大老板，一定是黑色的大平治。而他們的太太，由於都屬於優閒之輩，就配一輛英國老牌休閒車Rangerover。等而下之，助理開寶馬，經理人開積架，也是約定俗成，馬虎不得。

令人啼笑皆非的是，有些女人過猶不及，乾脆來輛超巨型SUV越野車，就是恐怖份子喜歡用來裝炸彈那一種，既耗油又阻街，既笨重又粗野，與環保的需求完全背道而馳，好讓你知道，她們有個性，有獨斷獨行的本領。誰知車子一旦有點小

毛病，如途中突然爆胎死火，當堂亂套，第一時間就致電向老公求援。

東京則堪稱為名車集中地，什麼稀奇古怪的絕版骨董，量產珍藏，應有盡有。其中又以華爾街人最為豪奢，花幾十萬美元買輛跑車，可能只是為了擁有，而非為了實用，間中接受途人投來欽羨的一瞥，已經感到物有所值了。但請不要以為全然是虛榮心使然，這些人位高權重，一點也不「虛」。偶爾，他們會把跑車開上Aqualin隧道，風馳電掣一番，感受一下速度的刺激，力度的震撼。此時就像權力得以伸張，肝火得以噴發，身心都鬆馳下來，可以享受片刻解脫的快感。大概，這才是一輛跑車真正的價值吧！

可能是風氣使然，日本人的勢利眼，比我們先見羅衣後見人更厲害，走到街上，第一眼就看你開什麼車子，走進餐館，第一眼就瞄你戴什麼手錶。甚至特別為富人設計了幾款要由雇傭司機駕駛的豪華大房車，好讓人一目了然。至於由海外進口的名車，更不待言。聽說東京著名的水杯大廈（Atago Greenhills）停車場，有輛法拉利跑車被刮花了一點，原是小事，竟也驚動了管理層，一致認定是嚴重事件，要認真對待。結果整座大樓的泊車系統須重新調整，而法拉利跑車因為車身較寬，還需另闢停泊場地。日本人對名車的尊崇，於此可見一斑。

不過，即使純粹出於虛榮心，或者說是拜金主義也好，事情最終也會演化成為動力的。我們相信，正因為日本人酷愛名車和名錶，心中一直有所思，有所期，才會夢想成真，終於創立了自己的品牌，以至令美國的汽車業深陷困境，令瑞士人停工斷糧！

是的，至目前為止，汽車的歷史使命，並未因為諸多分外的索求而完全被改變。特別是在美國，每人每天都要在路上耗費大量時間，汽車是必需的工具，只要合符經濟實用、安全舒適這些基本要求，也就夠了。

聽說近來有些城市出現「怪」象：人們見到「沙漠雄獅」Hummer開來，不再歆慕，反而大喝倒彩；而見到省油環保的Prius駛過，倒像早年看見Hummer，不由企踵讚歎。我想，這倒是件好事呢！

那麼你開的是什麼車子呢？其實沒有太大關係，但願不是老牛拖破車就好！

一路平安

年輕時常夢想著三件事：房子要愈住愈大，車子要愈坐愈小，女友要愈交愈俏！

經過多年奮鬥，終於小有「成就」：房子雖不算大，究為自己所有；老婆雖不很俏，到底允諾白頭。唯獨車子買不起，只能在午夜夢迴時稍作天馬行空的幻想，結果愈想愈感失落，倒是到了美國之後，反而優先買了，因為不論貧富，你都必須有輛車子。

一天，「轟」地一聲，結結實實地踏上了油門，可惜這才上路，即被一個千鈞一髮的急剎車猛然驚醒：這兒車流如鯽，比北京王府井的自行車陣更加擠逼，比香港上班族的腳步更加匆忙，既沒有當年首長坐小轎車的威勢，也沒有香港闊少飆小跑車的瀟灑，這個用鋼鐵和玻璃鑄成的怪物，只是一件用來代替兩條腿的工具！

早餐桌上的東西，如咖啡、麵包、新聞報紙等等，都緊隨著車輪的轉動飛快地解決；梳妝台前的功夫，如塗粉、畫眉、描唇之類，在有一聲沒一聲的「路況報告」中，也一一完成；然後打電話約小王午餐，再知會小陸、老陳下午開會⋯⋯每一輛小轎車都是一間小屋，甚至一個小王國，彼此近在咫尺，又似遠在天邊。感謝老天爺保祐平安！然迢迢數十哩長途，每天一來回，往後仍須打醒萬二分精神！

加州算是得天獨厚了，道路寬敞，天氣清朗，設施齊全，開起車來分外爽利⋯⋯記得嗎？紐約就曾發生過多次公路

慘劇，都是揀上下班最繁忙的時刻，突然之間天覆地載，下起雪來，不一會就把路上的車輛層層覆蓋，受困的人們無助地呆坐車廂中，呼天不應，叫地不聞⋯⋯

筆者也曾有過一次刻骨銘心的經歷。那是來到美國的第一個冬天，在底特律附近一家餐館打工。雪已經下過幾場，雖然自己是在北方成長，對雪並不覺得可怕，但在雪地開車還是欠缺經驗。那天的雪下得又快又密，加上地面原已結冰，就成了冰雪交疊，莫說一個初來甫到的新僑，此時就連當地居民也視公路為畏途了。

從餐館出來，已是深夜，街上連鬼影都沒有一個，只見皚皚的白雪，汽車陷在厚厚的雪中，根本動彈不得。本來已經疲憊不堪，現在又要刮冰、掃雪、劃雪，冷一陣熱一陣的，也不知道折騰了多久，才把車子開上馬路。

雪還下著，視線極短。來到高速公路入口處，見有黃色燈光閃爍，想是灑鹽車開來了，心裡踏實了一點，腳力也不期然加重了一點。可是哪裡曉得，車子竟然驀地打起滑來，直像一頭脫韁的野馬，一條瘋了的野狗，一圈又一圈，又急又猛，然後霍地一個跳躍，直朝路緣撞去⋯⋯早被嚇得魂飛魄散的我，這下不由閉上眼睛，以為一定完蛋了。等到慢慢定下神來，方知正高高的懸在雪堆上，上窮碧落，下為黃泉⋯⋯

等呀等，終於等來了一輛被公認為公路殺手的大卡車。在雪地開過車的人，無不聞之色變。常常，就等你膽顫心驚，惶惶然唯恐稍有差池而橫遭不測之際，它來了，隆隆地把捲起的雪花、鹽沙與污水，海嘯似的向你傾瀉下來，霎時間彷彿被推下黑暗的深淵，車子與生命，都失去了方向和主宰。

　　不過當你真正遇到危難時，卡車司機往往又是馬路的天使，可以為你扶危解困。因為他們有通訊設備，縱然未能親手拉你一把，至少也會為你向附近的警站求援。我就是由一位好心腸的司機大佬，勞心勞力，像拖木頭似的，用他的鐵鍊與卡車，把我和我的車子，從山頭一樣的雪堆上強拉下來的。

　　經一事，長一智，為了熟習雪地駕駛術，特地揀了幾個大雪的假日，把車開到學校停車場，放膽操練了幾回；同時又在車後廂放了一包大米（可以穩定車身）、一包粗沙、一把雪掃、一把鐵鏟、一張棉被及一塊求救用的紅布條，以備不時之需。

　　就這樣，緊握著方向盤，年年月月，一路開來，總算平安無事。如今開車上路，已不再為生活奔波，而是與老伴共享輕車遨遊的樂趣。

餐館裡的禮儀

在這兒談用餐的禮儀和規矩，無異教阿爺抱孫——多餘！不過在熟讀《育嬰法》的兒媳面前，阿爺就未必真會抱孫。現代人一切按章法做事，有時囡囡餓了，要你幫手開樽奶粉，恐怕也如教老虎吃天——無從下手！而說到飲食之道，更是五花八門，六十歲的老廚師，不及吃貫中西的兒女熟行當，是常有的事！

就說座位吧，和太太或女友共進晚餐，是不是為她拉開把椅子便算很夠紳士風度了？要知道，此時此刻，你的女人簡直就像女王一樣美麗尊貴，應讓每一位進場的人都不禁為之側目，因此她的位置該是安靜而開揚的，除了「外向」，還要遠離通道和出口，也就是說，最好是主座，這樣才有君臨城下的威嚴。而作為她的白馬王子，你就只能遙遙相對，縱然情濃似酒，也盡在不言中了。

而在這之前，得先引領她從椅子的左側入座，並助之將隨身物件置於她背部與椅背之間，以免遺失。

然後你們大概會留意餐桌上華麗的裝飾。這當中，餐巾常常扮演著重要角色。服務較好的侍應，到時會將之對角摺好，再為你舖在膝上。不過當你需要暫時離座時，要記得把它放到椅背上。不小心讓餐巾掉在地上，或者隨意一攤了事，都不大好。

再說筷子。依中國人的習慣縱放，或依日本人的規矩橫放，都行，只要不是擱在碗邊或盤邊就好。但請不要急於起

筷，菜餚須由主賓先嚐，才到我們享用。還有一點，如果有日本人夾菜給你，請勿用筷子承接或相迎；兩雙筷子相交或相疊，是東洋人大吉利時才有的舉止，切忌！

其實最好就不要為別人夾菜。用公筷還勉強，萬一一時興起用了私筷，這才「吱」一聲從你嘴裡拔出來，就給他來塊大肥雞，你要他吃還是不吃好呢？

不如挨下義氣，為朋友們斟杯酒吧！我們作為賓客，是不可以自斟自酌太沒禮貌的。但請記住，要讓酒的牌子朝上，再把酒瓶當砲彈一樣捧起來，慢慢的斟，好教貴賓們看真，這是好酒。當然，頭一小杯得由東道主先嚐，因為他要試味，並把開瓶時可能留下的雜質清除。

酒能助興，又能掃興，要點是適可而止。這方面韓國人比我們聰明，喝夠了自動把酒杯倒蓋，酒伴們就不會再來強灌。

至於前菜，倘使吃的是日本餐，請由左側下箸。

總覺得，壽司的吃法頗成問題。隨時可在電視上看到，這東西無論做得多大，你都得一次過整個兒把它塞進嘴裡，同我們細箸慢嚼的禮法大相徑庭，常令女士們當眾失儀，可說是日本料理中的一大敗筆。但是，失敗是人家的事，失禮卻可能令你面目無光。

說到自助餐，自當順序排隊，先由沙拉冷盤開始，再吃熟食熱葷，末了才到甜品和生果。

大圓桌上的轉盤，可順時鐘方向輕輕轉動，但須看清楚有沒有東西橫出外面方可動手，否則撞倒酒水，就會狼狽不堪。

吃到骨頭或果核時，不要直接吐在碟子或桌子上，而應先用手掌或湯匙接住，然後放到盤子上面去。

身在海外，刀叉也是常用的餐具，依次由外至內使用，一般就不會錯。倒是吃完之後，為了避免杯盤狼藉，宜稍加留神。通常是刀叉並列，而叉在內側，以大約時針四時二十分的角度置於盤上，就很妥當。

在整個用餐過程中，除了吃水果可直接用手之外，吃麵包時，也需先用手撕成小塊，才可進食。

規矩當然不只這些，但都不過是些約定俗成的習尚罷了，大家不必過於拘泥。因為怕失禮而弄得誠惶誠恐，食不甘味，那就不只對不起自己的肚皮，也辜負了東道主一番美意了。

戲說改名

好幾個人問過我，怎麼取個這麼彆扭的筆名，我一律老實招供，好叫唄，好記唄！

不看我的文章不要緊，只要依稀記得有個古冬，我幾乎就成功了一半！

記得有回到一家洋行去找朋友，公關小姐喝問姓甚名誰，我回報：「古冬！」她那張黑古隆冬的怪臉，剎時變得好像怒放的春花，「啊，老板您來了，請裡面坐，股東會議就在前面大廳！」忽然就做了大老板，心裡一樂，文章就咕咚、咕咚的冒出來了。假如再把「大作」捧到她面前，鄭重的對她說：「你見過這個名字嗎？失禮，這個作家就是我，我就是寫這篇文章的古冬……」那還不是要她笑到肚痛，記住你也！

相識的人反而沒趣，提到我，總會有一兩個傢伙撇著嘴皮說：「嘁！老古董，哪能寫得出甚麼新鮮事！」

你瞧，這是甚麼話！咱擺明是個講古佬，又不是教人烹時鮮，而古仔者，不是古董是甚麼？

曾經捉摸過要不要改個暖一點，不這麼拒人於千里的筆名，還找來一本《姓名學》，打算好好研究一下。誰知愈看愈糊塗，愈看愈沒主意，甚麼字體之含意，字形之含象，劃數之靈動，五行陰陽之剋配等等一大堆疑難，非得去修個博士學位回來不得要領，只好作罷。不過倒因此得到一點啟迪，開始留意一些特殊名字的寓意與箇中的妙趣。尤其是某些餐館的名稱

與菜名的巧喻，覺得甚有學問，很值得我們這些「名氣界」參酌參酌。

比如有個越南華僑，生命幾乎是從怒海中撈回來的，來到美國後又一直打別人的工，捱到今日終能自己開店，其間經歷過多少風浪，實在不足為外人道，但願從此有餐好茶飯才好，便給餐館起了個好彩頭的名字叫「一六八」，意思就是一路發。請勿訕笑僑胞太土氣，這是純良小民一點最原始的願望唷！

三人合作，不叫三和、三元，而叫「三春暉」，既文雅又親切，既溫馨又煽情，多美！

有個朋友姓吳，創業時想告訴坊眾，餐館是姓吳的人家開的，於是就叫「吳家園」。卻沒想到，原來廣東話園、完同音，吳、吾同韻，不好意頭。怎麼辦呢？請教高人，指出招牌大可不改，只要把「吳」字倒轉來掛，就像貼揮春把「福」字倒過來一樣，必成正果。果然經營下來，園裡花果年年，一片好景。

「小雅屋」是我常常幫襯的小店，不裝模作樣，小就是小，不只不會屠豬烹羊，甚至連宰雞殺鴨的本事都沒有，只有幾件小小的包點，但清雅而可口，正如鄰家小妹的手巧，只待有心人來品嚐了。

想標新立異，想突出，波士頓有家西餐館，敢情教人拍案叫絕。「叮」個電話給女朋友：「出去吃晚飯好不好？」那邊馬上回答說：「好，去No Name啦！」今天又不是愚人節，再說騙完全世界也不會騙你，怎麼會是無名呢？嘿！它就是叫「無名」！誰都知道那是一家挺有名氣的海鮮館，龍蝦賣到家喻戶曉。

菜名由於具有更多的想像空間，用起來可以更靈活，甚至可以隨意發揮，因而也更能令人擊節讚賞。您看——

雙龍出海——一碗清湯，加兩根青蔥
再戰江湖——四川回鍋肉
一國兩制——大雞兩吃
矛盾統一——燴雙冬（冬筍與冬菇）
女　人　墟——椒鹽鴨舌

從前香港有個大排檔，幾樣小吃的名稱又香艷又浪漫，不看註腳的話，真能令人想入非非。它們是——

有情有義——白開水
悄　悄　話——鹵水豬口嘴與豬耳朵
兩情繾綣——油條
大被同眠——大餅夾油條
玉帛相見——粢飯團

俗話說，不怕生壞命，至怕改壞名。開餐館時給它取個又響亮又吉利的好名字，再弄幾個饒有趣味的美味小菜，那麼說不定，你發囉！

目瞪口呆

炒起香港

上一次回香港，清掉了倉底的「垃圾」，收益不少。這一次回香港，無股一身輕，還是忍不住上經紀行走一趟，看一看股市行情。

香港人炒股票的熱情，數十年如一日，真嚇壞人。隨便登上中區任何一座大樓，都可以找到幾家代理股票買賣的公司。像買大小，像上小館子叫兩味，只要一揚聲，立即有人上來為你落單，待會兒遞上支票，便算完成一單交易。

因為股民眾多，所有銀行和財務公司，本著為民服務的宗旨，無不在門牆上嵌上幾部電視機，不斷報導股市走勢，外幣行情，期貨起落。股民們便這裡一堆，那裡一群，一個個翹著腦袋，隨著電視機的畫面，左搖右晃。

相信不少人賺了錢。可是近來情勢不妙，有人預言，新股災即將來臨。唯股民們充耳不聞，大有視死如歸的氣概，繼續登場。

炒樓尤甚，豆腐乾那麼大的一個小單位，都可以被炒至數百萬以至數千萬，害得需要買樓的小市民，只得望樓興嘆。

股災和負資產，曾令不少人傾家蕩產。但炒家們早已百鍊成鋼，絕對經得起風浪，就像那些多產的婦人，陣痛過後，又是無窮的希望，不盡的歡欣。於是再接再厲，甚或變本加厲，炒股、炒樓之外，連的士牌、豪華汽車、泊車位……都可以炒個不停，而且事實上，只要夠膽CALL出去的，就有斬獲。中區一個泊車位，敢被炒至幾百萬，能不令你驚嘆也！

沒有法律管制炒風，卻有意無意地助長投機。因為政府也要賺錢。賣地皮，抽取股票印花稅，都為庫房主要收益之一。結果凡是市面上買得到的東西，幾乎皆可上市。連人頭都不例外，像金融界、影視界的高價挖角，不是炒是什麼？

見獵心喜，一碗魚翅撈飯，促成了全民炒股。連我家師奶都不後人，炒菜之外，也學會了炒股、炒外幣和炒黃金。買菜前上金鋪走一轉，說不定就吃掉了人家一隻乳豬仔。

聽說連身分證、護照、銀行提款卡都有人炒。這可是非法的勾當，政府可能就不得不管一管了。

最可怕連學生哥都來炒。炒閃卡的歪風，便曾遍襲香港校園。

不知是哪些畫家畫了些漫畫，製成會閃光的卡片出售，本來是一種小玩藝，不料深得小朋友們喜愛。有些畫片畫得較妙，而又印得較少，一些比較聰明的學生，就私下拿來炒賣。幾個人，靜靜走到校園一角，圍攏起來，先開個底價，然後二元、五元、十元的往上叫，最後價高者得。一份一元底價的股票被炒至數十元，已經相當荒謬，一張不值分文的小卡片，竟給炒到比股票還要貴，豈不是荒天下之大謬！

某校逮住了一名學生，訓之曰：「紙片都拿來炒，你知不知道這樣做是不對的？」學生理直氣壯的回答說：「知道。不過我聽爸爸說過，香港是給大家炒起來的！」你看啦！

妙喻

　　都說中國人好賭，有中國人的地方，必定有賭。賭得最兇的，當然是澳門。香港輸她一個馬頭，因為這裡賭博不合法，沒有公開賭場。不過賽馬日馬場之熱鬧，投注額之龐大，也是令人目瞪口呆。這要感謝英女王，她體恤民情，額外恩准開設「英皇御准香港賽馬會」，讓好賭之人得以賭個痛快。贏了的話，還可趾高氣揚，大散金錢，繁榮香港經濟。而香港政府和一些慈善機構，也樂得從中漁利，大發橫財。於是四方英豪，都來一顯身手，或者過把癮頭，賭他個不亦樂乎。

　　一河之隔的中國大陸，就真是禁賭。有趣的是，禁者自禁，賭者自賭，正如知識產權問題困擾著外國人一樣，變相賭博同樣困擾著中國政府。因為好賭是人的本性，不容易禁絕，正如春天的野草，只要找到一條縫，總有辦法鑽窿鑽隙冒出來。你看香港人不是除了賭馬之外，同樣能賭球賭狗嗎？大陸人更不用說，他們賭起來那種豪情，香港人還真望塵莫及。

　　我爺爺就是一名賭徒，一注可以輸掉一間金鋪和一間藥材鋪。但他還算不上豪賭。如今的「豪人」，真是豪氣干雲，「啪」地一聲把大籃鈔票倒下來，連點數一下都嫌麻煩，你贏了只管拿走，輸了就拿把米達尺來量一量高度，照尺寸賠錢就是。

　　當然，既然明令禁賭，就得知所避忌，即使擺明在賭，也須巧立名目。那回我們到廣東一處鄉下玩，深深領會了箇中的奧妙。

　　在藝術館送了猴王與唐三藏上路去西方取經之後，信步來到「體育運動娛樂中心」。見到「娛樂」二字，不由有點驚喜，以為可以進去鬆弛一下疲憊的身心。但見那邊有條人龍，心想可能像藝術館一樣，要排隊購票進場，便趕緊擠上前去，站到末端，以免向隅。

　　「你來做什麼？中了哪一場啦？」

　　前頭那個年輕人把我上下打量了一番，揶揄地問。見我莫名其妙，又把頭一歪，示意我看前面那個「領獎處」。我來領什麼獎呢？自覺沒趣，連忙退出行列，傻兮兮溜進場裡去。不料眼界大開，好寬大的一片綠茵，十多名大漢正繞著跑道遛狗兒。而坐在看台上面的幾百位「競猜者」，有的在看書報，有的在評比著每一隻走過的狗兒，有的則指著展示牌上「智力競猜」的結果，大發議論，可謂形形色色。於是恍然大悟，什麼「體育運動娛樂中心」原來就是賽狗場，「智力競猜」即賭狗，而所謂看書報與「領獎處」，也就是刨〈剖〉狗經和派彩處。兜了個大圈子，還是回來原位──賭！

　　賭狗可能是抄襲的，不知道有沒有涉及產權問題，但「智力競猜」一詞就一定是獨家自造的，而且較之「英皇御准香港賽馬會」的冗長嘮叨，還多了一層妙不可言的創意！

二十一點的奧祕

　　許久沒有賭二十一點了。日昨去賭城玩，小試身手，發覺牌桌上多了個洗牌機，洗牌不再用人手，覺得十分有趣，後來跟朋友提起，不料竟給我發現了一些奧祕。

　　原來二十一點是博彩遊戲中較為獨特的一種，勝出率高達百分之六十以上，對賭客來說，要比其他賭法公平許多。原因是每一位參與者，都是針對莊家的，而每一張牌的出現，又都直接影響以後每一個人包括莊家在內的彩數。過程中只有一點對莊家特別有利，就是不論是誰，只要在第一次取牌時超出了二十一點，立即就輸了給他。但是他在十六點以下，必須取牌，而在十七點以上，就不許再要，這樣對他而言，有時會是一件非常尷尬的事。也就是說，莊家可以不必用腦，是相當被動的；相反，我們賭客倒享有較多的選擇，因而也就享有較多的思考空間，以致可以想出種種方法，險中求勝。於是一些善於計算的人，殫精竭慮，務要找出取勝之道。執科技之牛耳的某理工學院，就有個聞名的二十一點會，專事研究二十一點的賭術，教授們還寫了好幾本書，論而述之，儼然成為一種二十一點文化了。

　　二十一點的輸贏，關鍵在於牌的點數，換個說法，如果你能預知牌的大小，即所謂捉到牌路，就是贏家。那麼如何來「捉路」呢？桌面上開了出來的多是些什麼牌，實際上已告訴你剩下的可能會是什麼牌；那麼要準確推斷下一張牌孰大孰小，就要數牌。所以二十一點會的重點工作，就是研究如何進

行數牌。其實早就有人在數牌，只是單人匹馬，一來數的不那麼準，因而勝出的機率也就不高，；二來容易被識破，非常危險。雖然數牌並不犯法，但賭場有權請你離場，或者隨時改變投注額，不接受大額投注。二十一點會的做法就不同，他們數人同時出動，分工合作。方法大致是：一個人一直以五元、十元的小注為掩飾，至機會到時才重重出手；一個人則專賭大錢，以分散莊家的注意力，也好平衡贏輸的比率；還有另外一個人，就集中精神數牌，計算所需的牌可能在何時出現，以便一擊中的。

　　數牌的方法大略是，先設定二至六的小牌為一，七至九的中牌為零，十至英士的大牌為負一，逢出牌就數。倘使數剩的多是大牌，就下重注，博莊家拿的是十五、十六點，一取就爆，而你則泰然自若，可以坐地「偷雞」，十二點也輕鬆贏錢了。

　　藝高人膽大，一些箇中的老手，聽說經常改名換姓，易容變臉，轉征於世界各國大賭場，並且常常是手到拿來，贏的錢多到不知道如何帶走才好，因為許多國家是管制外匯的。他們從來不怕輸，只怕百密一疏，露出馬腳。須知這些人也許早就入了黑名單，稍有懷疑，也會給捉去揍個半死。不過無論如何，爺兒們終歸是大贏家，是賭場的大剋星。其中的祕訣，概略地，可歸納為以下幾點：

　　第一，不要坐在第一個座位，以便於看牌；

　　第二，通常可以跟莊，十六點叫取，十七點叫停；

　　第三，大牌出多了，十二、三點不妨要牌，相反小牌出多了，再要可能就輸了；

第四，如果桌上有許多小牌，則以後出現的就可能是大牌，假如此時你手上的牌加起來是十或十一點的話，加注可也。

也許還有第五，就是人人所企望的，如何把莊家給弄爆了，來個皆大歡喜。

並不是鼓勵大家去賭，只是想告訴各位，賭場中這種最受歡迎的遊戲，原來有這麼個祕密而已。

另類雜技

　　在賭城拉斯維加斯看「O」秀，沒有人不嘆為觀止，訝異莫名的。它以水為主體和主題，不像雜技，實是雜技，不是馬戲，又像馬戲，神奇奧妙，千變萬化，自始至終操控著你的情緒，令你在驚險時為之悸懼，曼妙處為之撫掌，直像藝員們腳下的鋼絲，忽張忽弛，不可謂不神奇也！

　　看過「O」秀的人，不會不看「Eumanity」。這個在年前才登台的新秀，名字不知何解，不過不要緊，只要是出自Guy Laliberte'之手，只要是在陽光（戲班名叫Cirque Du Soleil）下綻開的花朵，都是奇葩。Guy Laliberte'糾集了紅黃黑白、高矮肥瘦諸人種，共同來演繹一個道之不盡、歷久爾新的永恆主題──愛與慾。半裸的美女胴體，獷野的性愛動作，集中地呈露在舞台上，令人目不暇給，眼界大開。但絕對不是艷舞，甚至連色情都算不上。它與「O」一脈相承，每一場、每一幕都有一個完整的題旨，都以最優美的肢體語言來表述一種奇異現象或一個有趣故事，都能巧妙地利用燈光、音樂、服裝與佈景，來為你營造一個瑰麗浪漫、迷離恍惚的幻境。擺明是做愛，然誇張的動作，詭譎的音樂，並未撩起你任何不正當的衝動，而只會教你忍俊不禁；顯然是意淫，可諧趣的處理，嫻熟的詮釋，也沒有讓人心生邪念，而只能令人為之絕倒。由頭至尾，就是輾轉於藝術與猥褻之間，如何來評價，恰似賭博，盈虧自負，離場時各自心中有數。

　　陽光雜技團是目前世上最具規模、最有活力的一個演藝組織。同樣一個秀，可以同時分別在不同城市演出，而且每一個節目，幾乎都代表著一個傳奇。哪怕是腦子裡一個簡單的意念，生活中一個細小的動作，一經藝人加工提升，立成奇蹟！一若她的締造者Guy Laliberte'，一個先後在滿地可和巴黎街頭賣藝的小浪人，憑藉最初的一點創意，居然會成為一個擁有二千多名成員的演藝企業家與策畫者，是一個不凡的傳奇一樣。

　　其實，拉斯維加斯何嘗不也是個傳奇呢！六十年前，倒楣的Ben Jamin Siegel，因為被加州政府取締了他的賭船而告失業，百無聊賴之中，有一天把汽車開到這塊不毛之地來，無意間一看，頓生奇想，這茫茫的荒漠，不就是另一片汪洋嗎？而利華納州是准許開賭的，那何不來個陸上行舟，把賭船開將上來呢？就這樣，數年之後，聞名遐邇的奇幻之都便從沙漠之中冒了上來，和Guy Laliberte'一樣，為我們創造了一個夢一般的絢麗世界，又為我們留下了一個讚美與詬誶的長久話題，讓我們既愛之又恨之。

當心肚皮

「龍床不及狗窩」，無論外頭多麼好，總不如家裡自在舒適。不過講到吃，就非出去不可。問題是，你的肚子夠不夠「量度」？

有備無患，我們深知預防的重要，所以行前先見了醫生，止瀉藥、止暈藥、傷風藥、血壓藥、開胃藥，五顏六色弄來一大袋，以為這樣就可以敞開肚皮，吃遍大江南北，而無須以腹就口，挑挑剔剔，弄得毫無樂趣了。

但是人算不如天算，到了香港才幾天，母親就有事。什麼事？住了三天醫院，也查不出個究竟，只覺得天旋地轉，站不起來。本來有高血壓，這回卻不是，連醫生也沒法子，只能說：「可能是細菌感染，老人家，多點休息啦！」

這麼一來，北上的計劃便只得擱下，北京友人為我們在「全聚德」訂下的全鴨席，也只好作罷。

安頓好老人家，決定以短短幾天時間，先到廣東兜個圈子再說。

一位親戚帶隊，兼做東道主。於是得其所哉，人人準備開懷大嚼，吃他個不亦樂乎！

好久沒有吃過鮮河蜆了，來一盤！好久沒有吃過薑蔥焗鯉了，來一條！好久沒有吃過生炒黃鱔了，試試看！

經驗告訴我們，吃的時候儘管吃，切不可胡思亂想。假若吃撞奶時想到囡囡的排洩物，吃毛蟹時想起肝炎和膽固

醇，那就非但掃興之至，還會倒盡胃口，不如乾脆回家去吃你的花瓜送粥，何苦老遠跑來花錢買難受！

可是千不該萬不該，偏偏揀了「海景酒家」做我們廣東行的告別宴。才坐下來，老婆就覺得有點不對勁。遲疑了一會兒，終於把侍應叫來，心大心小的問道：

「請問你，我們叫的海鮮，都是這海裡出產的嗎？」

「當然，道地土產，絕對新鮮！」侍應拍著胸膛回答說。

妻打了個寒噤，一「席」無話。她心裡的疙瘩，也給她尖尖筷帶過，並未影響大家的食慾。一直到了黃埔碼頭，開始排隊過關的時候，肚子突然要找她麻煩，這才高叫起來：「快快快！找水來，找止瀉藥來……不行不行，要先上廁所！廁所在哪兒？」不久又見她氣急敗壞的抱著肚子跑出來：「廁紙！見他的鬼，廁所怎麼會沒有廁紙呢！」

船快開了，人人都為她著急。過了好一會兒，見她如釋重負，身輕似燕的趕回來，大家才鬆一口氣。

「你們剛才沒有留意『海景酒家』的『海景』嗎？玻璃瓶、木板、瓜皮、蛋殼、樹枝、浮油什麼都有，真是琳琅滿目，要不是寫明『海景』，我還當自己浮在垃圾池上呢！」

原來是「怕屎者踩屎」！儘管自始至終都不敢大膽下箸，誰知第一個中彩的，竟然還是她！

其實海面污染，怎麼會看不見，只是大家見怪不怪，不作聲吧了。到處都一樣，難道不吃呀？

別人都沒有事，只有咱公婆倆活該，人家出錢，我們出肚皮，返回香港足足疴了兩天，人就像生完孩子似的，全身虛脫無力，還能上哪兒去玩呢？哎唷，我的肚子！

日本人

今天洛杉磯下雨。撐著雨傘走到停車場，雨點又大又密，把傘敲得咚咚直響。

雨是洛杉磯的稀客，但是不來則已，來了便一定雷厲風行，氣勢洶洶，嘩啦嘩啦地，硬要教你知道什麼叫做痛快淋漓。

雨初霽，一切又歸平靜。雨後的洛杉磯是柔美的，就像一張剛哭過的笑臉。

沒有立即收回雨傘。它勾起了我的回憶，使我想起東京兩位可愛的芳鄰。因為曾一同去過香港，所以時有來往。但日本人是不容易了解的，這對夫婦也不例外。我總覺得，他們有點像洛杉磯的雨天，男的常常驚天動地，有如驟然而至的暴雨，而女的則溫婉可人，恰似雨後的晴天。

很令人懷疑，日本人真是徐福的後裔嗎？大和民族真是中華民族一個支流嗎？我們並不打算探究鄰居的底蘊，只是覺得奇怪，如果兩個民族確有淵源，為何彼此的習俗文化會有這麼大的差異呢！

日本的女人謙恭卑微，在丈夫面前永遠柔順得如雨中的花蕾。可是矛盾得很，他們明知家庭是國家的基礎，而掌管家庭財政大權的，卻是那個一直對男人千依百順的小女子。她才是一家之主，男人每個月辛苦掙回來的每一分錢，都要悉數奉獻。因而常常為了討點零用錢，這個平日不可一世的硬漢，竟要低聲下氣，拜倒在荏弱的嬌娥裙下，當她是女王。

　　我們每次去日本，總會遇到一些尷尬的事情。上回就丟了把雨傘。日本人自稱拾金不昧，東京是全世界最安全的地方。不幸日本是個多雨之國，一年裡總有幾個月，淅淅瀝瀝的下個不停，而雨傘，就成了人們順手牽羊的獵物。因此城裡的店家，總要在門前裝上幾排鐵架與小鐵鎖，希望能把貴客的雨傘鎖牢。

　　日本人講究禮法，作風守舊，卻流行男女同浴。不少地方女人要解手，甚至須經過男廁，而男人們居然可以視若無睹。女人也一樣，尤其是清潔工，根本不當你存在，你尿你的，她照樣神態自若，刷洗她的。

　　日本科技發達，電子產品一流。可是醫院的檔案不是用電腦而是用手寫，銀行的提款單不是親筆簽名而是蓋圖章，把事情弄得又慢又不可靠。

　　他們認定東京的浴室絕對比北京的澡堂好。可我就是不明白，擺在浴室門前那排木桶究作何用？是先行淋浴，然後才泡混湯，還是先泡混湯，末了再來淋浴呢？為何不索性裝排花灑嚨，無論來也好走也好，一律先冲洗乾淨，不是省事得多了！

　　應當肯定的是，日本人的環保工作做得極好。他們守規矩，知道什麼叫文明。有次我們路經一家劇院，剛好散場，見到不少人托著托盤，上面分門別類擺滿汽水罐、膠杯、刀叉、紙巾甚麼的，相繼出來，然後再去排隊，輪流將盤上不同類別的東西逐一塞進不同顏色的垃圾桶裡，就不由得肅然起敬。因為兒子長住東京，回家問女佣，才知道普通人家也是同樣認真，垃圾共分五種之多，俱須逐一包好，而清掃伕在清理時，還要逐戶逐包的加以檢查，不合格的一律推回，絕不苟且塞責。不過奇怪，他們左手倒掉垃圾，右手又去製造大量廢

物。如隨便買件小東西，都要重重包裝，又膠紙啦，又花紙啦，又裝飾物啦，又手提袋啦，既浪費人力，又消耗材料，與環保的原則完全背道而馳。

我覺得最好的，是餐後不必給小費。他們認為，服務顧客是餐館應盡的本分，既然已經收了足夠的費用，再要小費就不合理，所以每次侍應端回小銀盤，必定細心撿回每一個角子。

還有⋯⋯

儘管此刻天色晴朗，遠方朋友的真面目，還是有點迷迷矇矇。

橫向．直向

　　從香港移民來美的中小學生，程度頗高，學業大多不成問題，唯有體育一科，提起就怕。沒有一樣拿得出來，沒有一樣能和美國的同學相比。足球？不會。棒球？不會。真是丟醜復加丟臉！

　　美國人大多數喜歡體育運動。打開電視機，扭開收音機，除了播放流行音樂之外，就是講打球，籃球、足球、棒球、網球、排球……還有種種你意想不到的體能比賽。

　　美國人重武輕文，自古已然。以前讀工程還有點前途，現在也不行了。一位在東北大學打足球的運動員，可能比一位在麻省理工從事尖端科技研究的博士生更被看重。

　　在香港，如果要配對，一定是某名男校的高材生配某名女校的高材生。美國的學校卻不興這一套。最登對的，莫過於足球隊的Quarter Back配Cheerleader了。

　　記得NCAA國家大學籃球比賽有過一個感人的場面。一位名叫Romnel Robinson的密西根大學球員，表現出色，贏得了不少掌聲，可惜由於家境貧窮，父母未能前來觀看他的演出，後來被電視台發覺，講了幾句話，立即就有慈善團體捐出機票，讓他們去看下一場大決賽。而Romnel Robinson也真行，就是他最後一個罰球，為學校爭得了冠軍，並因此幸蒙布什總統召見。Robinson至今仍然馳騁在球場上，拿著豐厚的年薪。

　　無論足球也好，籃球也好，只要打得好，以後子孫三代都會斬斷窮根，各大職業球隊早已擬就合約，只要你一腳跨出校門，即被網羅旗下。如一年一度的籃球選秀，一紙合同就是二千萬，令像詹姆士那樣從未進過大餐館的窮學生，一夜之間成為大富翁。

　　不只球類吃香，幾乎一切刺激、勁道的運動，無不深受歡迎。拳王泰臣雖然被控強姦婦女，還是如常出賽，觀眾只關心他還能不能再贏，至於強姦案會否入罪，倒是閑事一樁了。

　　在汽車上嵌上一條長鐵，一人開車，一人在腳下裝上活轆，抱住那根鐵條，耷著頭，死命朝著擺起來的電視機牆撞過去，看誰的頭顱最硬，也是一項比賽。

　　開來幾十部老爺車，疊羅漢似的對碰，直至車毀人傷，剩下最後的就是勝利者。

　　大隻先生與大隻女郎也是時尚的玩意。練出纍纍肌肉，然後吸滿一肚子氣，鼓成一隻大青蛙的樣子，是多麼的有型有款！

　　都說太陽底下無新事，殊不知玩的東西五花八門，層出不窮。大把人花大把錢，日日夜夜在鑽研，務要每天都有新奇玩藝出爐應市。倒是文學創作無人過問，科研與教育的預算也在逐年削減。

　　這是一個力與勁的年代。一位大力士與一位肌肉女郎，各自叉開胳膊，八字腳的走在街上，不知道有多麼神氣！

　　如今美國似乎只剩下兩種人了，而且各走極端。一種是賣力氣的，一種是吃腦汁的。吃腦汁的不必做運動，只顧計算別人的荷包和自己的進帳便好。他們是飽讀詩書滿腹密圈的商科碩士和法學高材生，在他們眼裡，世上除了自己，連大隻佬

大隻姊都不存在，都不過是影子，因而走在路上，如過無人之境，昂首闊步，神氣活現。大隻佬大隻姐們是橫著走的，這些高傲的先生們是直著走的，剛好各佔馬路的一半，但誰要是不小心絆倒了，休想有人扶你一把。

　　剩下來的孱弱理工博士與文學大家，只得永遠做一名謙謙君子，像香港來的瘦小留學生一般，把自己深鎖在斗室裡或課堂裡，永無休止的做他們的諾貝爾夢了。

造反有理

　　美國人最愛造反。而造反精神，很可能是美國精神的精髓。

　　抗議有理，造反無罪。哪怕是一間二人公司，勞資兩人意見稍有不合，其中一人也可以寫個反對×××的牌子，掛在身上，走到門外逛來逛去，抗議一番。我們初時見到這種情形，覺得十分新鮮，蠻有意思。待見得多了，就感到有點無聊，不知到底在搞什麼鬼了。

　　後來才知道，造反幾乎已經成為一種職業，社會上有不少團體，什麼也不做，就專門組織造反的。找個題目，如墮胎該不該合法呢？公說公有理，婆說婆有理，於是你反我，我反你，各自組織一萬幾千人，由鄉村反到城市，由地方反到中央。反什麼呢？就是我們這隊擁護派，反對你們那隊反對派，而你們那隊反對派，又來反對我們這隊擁護派。喊口號之外，有時還大打出手。到頭來最頭痛的，卻是做墮胎手術的醫生，門外有人叫萬歲，又有人拿著炸彈來爆炸。人都給嚇糊塗了，到底該不該墮胎，都弄不清楚了。

　　不管怎麼說，每個人都有造反的自由。核能發電太危險，反！用煤發電污染空氣，反！那麼把發電廠都關了，大家從頭來過，入夜後烏燈黑火，齊齊摸盲公杖又怎麼樣？那當然不行，更加要反！於是全國一片造反聲，什麼都要反。那大概也沒有什麼不好，美利堅合眾國，不就是反出來的嘛！

香港來的留學生，甚至最具造反傳統的中國留學生，都給這種造反嚇窒了。

但造反並不是革命。看來大家也不想革布什的命，更不想革美利堅的命。那麼究竟要做什麼呢？問題就在這裡——誰也不清楚！

這種造反精神，是否源於上世紀大學校園的造反派呢？無論如何，一定不會是二百多年前那種革命造反精神的延續吧？

聽說一九八五至一九八六年間，幾乎所有大學都在校園築起了爛屋陣（SHANTY TOWN），專門反對美國人去南非投資。這些校園裡的造反者，後來就成為社會上的造反派。

六十年代的嬉皮士精神，可能影響最大最深遠。這種來自加州柏克萊大學的造反派，真是什麼都要反。他們的口號就是反對一切，機關、團體、學校、政府乃至國家，都看不順眼，所以都在反的範圍內。

造反者首先放縱自己，不修邊幅，目無法紀，吸食迷幻藥，露宿街頭。不過據說吸毒並非為了過癮，只是為了溝通思想，啟迪思路。或者可以說，他們的出發點是不錯的，目的確是為了改良社會，只可惜走火入魔，什麼也沒有做成，只為國家製造了一批批嬉皮士，一批批都市大野人，以致最終只能落得個「柏克萊傻佬」的壞名。這種「傻佬」至今仍然可以在柏克萊找到，正如嬉皮士的幽靈依然不時出現一樣。

奇怪的是，反到如今，連最不該反的都反了，偏偏漏了該反的沒有人去反。如買賣槍枝的自由。暴徒如此猖獗，幾乎天天都有槍殺案，怎麼就不設法組織一些人，到國會大樓，到賣槍枝的店鋪門前去反一反呢？

美國精神

有位朋友來電話：「你知道嗎？有人吊在半空，睡著了！」

他指的是兩位探險家，正在YOSEMITE爬山。爬了一個星期，因為突然下雨下雪（加州的高山區夏天也有雪），當局為了安全，喝令暫停，所以只得停在那兒，乘機休息一下，待天晴了再來爬過。

YOSEMITE位於加州北部，距三藩市約四小時車程。不久前我們由洛杉磯驅車前往，走了五個多小時。記得我曾在拙作「逍遙遊」中寫過，有一位朋友由波士頓坐飛機來洛杉磯，再由洛杉磯開幾個小時車攀上萬尺峻嶺，露宿兩宵，指的就是那裡。此人是麻省理工一位博士生，筆者覺得有點奇怪，所以寫了出來。

YOSEMITE是美國著名的旅遊勝地之一。鬱鬱蒼蒼的茂林中，有近三千年的老樹，有凌空而瀉的飛瀑，有清滌澄澈的溪流，既可媲美桂林山水的秀麗，又不乏華岳峰峰競拔的峻峭，確是一個尋幽探勝的好去處。老遠的走來露宿兩宵，自當有其樂趣，但是來此爬山探險，那就恐怕真個太險太險了！

探險家們所攀登的那座山，實際上是群山中一塊大石，不知何時電劈雷轟，宛似一刀削下，一半碎裂了，滾落一旁，一半仍巍巍的豎著，就像半顆巨大無比的石蛋。因此英文就叫HALFDOME，高度為八千八百四十二呎。探險家們要從刀口這邊爬上去，那就更難，我們曾經站在山腳下向上望

過，簡直就如一塊直插雲霄、光滑筆挺的大石板，只怕連螞蟻都不容易爬得上去呢。

幾天後朋友又來電話：他們終於爬上去了！很難想像，他們究竟克服了多少險阻，經歷了多少艱辛？聽說其中一位還是不良於行的哩！

半年以前，他們已經攀上了鄰近的ELCAPITAN，看似較易，也有七千五百多呎，當時已成轟動一時的大新聞了。

美國人的冒險精神，天下聞名，連小孩子的玩意，也極盡新奇驚險的能事。如險象環生的空中吊斗，如又高又快在空中旋轉的過山車，不少外國小孩都不敢坐上去，美國的孩子卻能在呼叫聲中玩完一次又一次。

同一年，我們還到過大峽谷。糊里糊塗的，居然坐上了遊覽騾子，親自體會了一遍「險」的滋味。這原是大峽谷的旅遊項目之一，可是我的天！騾子一步高一步低，搖搖曳曳的走在崎嶇坎坷的斷崖絕壁上，真是一步一驚心，萬一路一滑，一腳踏空，豈不是一下子連人帶馬，摔下萬丈深淵去了！愈走愈害怕，愈想愈心慌。後來只得垂下頭來，緊緊盯著騾子的蹄子，既不敢向上望，更不敢往下看，卻又不能不看。冷汗冒了一陣又一陣，衣衫濕了一趟又一趟。心想等會兒就算不摔死，也一定給嚇死也。

「為了什麼呢？」

同行的多為年輕人，其中有工程師、設計家、律師和醫生，一個個儒雅俊秀，平日恐怕連走一段斜坡也嫌辛苦，怎麼忽然都跑到這裡來，甘願冒一次險呢？答案除了一抹抹苦笑之外，就有人發誓說，以後就算是逃命，也不會逃到這裡來了！

有一種專門跳崖跳橋，名叫笨豬跳的玩藝，比這些還要驚險千百倍。就像騾子一腳踏空，嘩啦一聲，驟然由半空一墮到底，霎時魂飛魄散，知覺全無，大有直搗黃龍之勢，誰知跌至水面，又遽然而止，被一根橡皮繩子吊著，活像一條剛扯上水的大魚。作為一個旁觀者，不禁為他們捏一把汗，只怕那根橡皮繩子承受不起那一股衝力，那可真是阿彌陀我佛慈悲了！

在懸崖下，在萬馬奔騰般的湍流上，在崢嶸嶙峋的奇巖怪石之間，划著橡皮小艇，與巨浪和頑石搏鬥，也是一種時興的履險行徑。一個措手不及，人仰舟翻，立即粉身碎骨，葬身急流，而這種行為到底有多少實際意義，看來只有請教高明了。

或者區區冥頑不靈，正如一直不認為美國的拳擊賽是一種健康的體育運動一樣，對那些過於危險的活動，始終不以為值得推廣和欣賞。

逞一時之勇，博一刻之快，求一瞬之刺激，可能也屬於一種精神。那麼這是否就是所謂的美國精神呢？

遊園驚艷

我家附近有個小公園。當然沒有北京的頤和園那麼美麗，但比香港的維多利亞怡人。一道彎彎的小河，河上風帆交錯；河水清冽明澄，少年人袒足露踝，嬉笑著逐浪推波。

最宜人是春末夏初，光禿禿的枝頭，一夜之間綴滿了花朵，清風輕拂，送來陣陣芳香。

美國的樹木多是先開花後出葉的。說也奇怪，這會兒正落花遍地，趕明兒便綠滿枝頭了。

可惜，春遊是須付出代價的。但見不少人涕流滿面，老淚漣漣。倒非世界末日，只因為花粉弄人。

為什麼會這樣呢？我給孩子們杜撰了個故事：這是上帝對我們人類的防範與懲罰。他老人家辛辛苦苦為大地造林，不堪頑童和樵夫的攀折與砍伐，憤怒了，把鋤頭一扔，彈起了漫天塵土。自此之後，每到草木抽芽的時節，塵埃便會自動沸沸揚揚。

文化不同，連遊園的方式也不一樣。

「人約黃昏後，月上柳梢頭。」黃昏後的公園該是有情人最佳的去處。可是美國的戀人寧願坐在汽車裡，不去逛公園。公園後門的停車場上，不時有人遺下避孕袋。

入夜後的公園是鬼域。紐約中央公園的輪姦案，至今尚未審結。

還是紅日當頭的炎夏，公園最多遊人。

　　踩滑板的少年，悠悠地在小坡上滑溜，宛如擦地而過的飛燕。

　　騎自行車的小伙，快似風捲殘葉。自行車在美國，不是工具是玩具，搬來公園最能發揮所長。

　　還有慢跑者。這是新風尚，跑得筋疲力竭，滿身汗臭，然後回家站到磅台上，看看有沒有減去若干脂肪肥油。

　　在我們眼裡，這些人都是傻瓜笨蛋。大熱暑天，有什麼比盤膝柳蔭樹下，來一罐可口可樂，一撮花生米，更能令人清心解翳！當然最好棋逢敵手，推車躍馬，或者斜倚幹枒，洞簫橫吹，一曲〈柳暗花明〉，令雲雀也要黯然。

　　但樹蔭下從來不聚洋人，更無人來此放言高論，或者朗朗吟哦。

　　老妻突然大驚失色，啐啐連聲。

　　原來有兩位年輕女子，在我們面前擺下花陣。幾乎脫下所有衣裳，像兩塊精雕細琢的碧玉，高低有致的倒躺橫陳。

　　放眼望去，綠油油的軟草地上，不知何時已擺滿了「白皮豬」。這叫做日光浴，不到海灘去，卻都跑到公園來了。晒得「白皮豬」變成了沙皮狗，明兒便可向人誇耀，他們身上鍍滿了金光。

坐遊香港

　　許多人認為有軌電車落後了，我倒是香港有軌電車最忠實的乘客。每一次回去，總會搶先坐上去，自東至西走一回。與坐天星小輪一樣，並沒有目的地，只為看一看香港的容貌。坐小輪是看全景，看遠鏡──看美麗的港灣，雲中的樓閣，霧裡的仙景；以及空中閃爍的繁星，海中蕩漾的龍宮。而坐電車是看中景，看近鏡──看香港的風貌，看筲箕灣、北角、灣仔、上環、中環、西環的景緻；看人與車爭路，看警察與小販鬥法，看人們時髦的衣著與急促的腳步。

　　除此之外，電車的收費又是罕見的低廉，而且路程簡單，行走穩定，不但最宜老人乘坐，實在也是普羅大眾最便利最實惠的交通工具。

　　傍晚，華燈初上，人們正在用膳，電車沒有那麼擁擠，我們可以出發了。最好登上二層，臨窗而坐。車一開，一陣陣涼風，夾著一堆堆霓虹，一幢幢黑影，撲面而來。此刻，你已不只在坐車，簡直是在感受變幻的人生，在經歷一段奇妙的旅程了。

　　甫抵香港，兒子便對我說：「有空最好坐坐電車。」殊不知我也向友人介紹：「去坐坐電車啦！」

　　相反，被視為最佳交通工具的地下鐵，我倒覺得有點像地獄。一層又一層，一關又一關，好不容易擠進車廂，就像被強行塞進貨櫃裡，屁股頂著屁股，嘴巴對著嘴巴，硬是教你不敢呼吸，不敢動彈。

如果要過海，我還是比較喜歡坐小輪。香港的渡海小輪
又寬敞又舒適，既可吹吹海風，又能看看風景。缺點是速度不
快，有點像王師傅煎魚，慢悠悠的，完全不符香港人火爆的脾
性。不過對於我們，倒是十分合適。人生於途，慢慢的走嘛！

坐巴士也蠻好。過往擁塞不堪的隧道巴，現在比較暢通
了。物競天擇，地面上的小鐵籠，到底敵不過穿山鑽地的鐵長
龍。然而對於偏愛小鐵籠的人來說，倒是有福了。

巴士那種鐵籠子，其實一點也不小。如今乘搭的人少
了，坐在上面，倒會覺得十分寬敞。而且巴士四通八達，到處
都有候車站，只要往那兒一站，一輛好像特地為你而開的專車
就在面前停下來了。

所以，除了電車之外，有時我也會向人推介：「坐一坐
巴士吧！」

只是，如果坐的是行走於鬧市和山區，又沒有冷氣設備
的舊巴士，情況就完全不同了，此刻你不但不再是皇帝，還
可能被當作試驗品，讓你飽嚐驚險重重的滋味，比經歷一次
「驚慄的旅程」還要驚駭幾分。不過相信你不但不會抗拒，倒
可能一面大呼「險過剃頭」，一面又大感過癮。

要是喜好探險，那更好，登上來往赤柱或彌敦道的雙層
巴士，一定不會令你失望。當然，最好揀交通不太繁忙、乘客
不很多的時候，憑窗坐下來。

「嗖」地一聲，一塊懸在空中的鐵皮招牌從你耳邊一擦
而過，就差那麼一丁點兒，沒有把你的耳朵削下來。你不禁冒
一身冷汗，慶幸出門時沒有忘記祈禱。

不給你喘息的機會。接著，凌空伸出來的簷篷，像長
矛一樣的樹杈兒，一排又一排，一重又一重，向著你當頭壓

下，迎面刺來。待你驚魂甫定，一面抱怨馬路過於狹窄，雜亂無章的招牌過多過大，一面又不得不驚嘆設計師們纖毫不差的計算，以及巴士司機眼明手快熟練老到的技術。也許你心有餘悸，但一定不會介懷，反而會把這次有驚無險、妙趣橫生的旅程銘記心底。

兩制下的太浩湖

真奇怪，一個太浩湖，竟分由兩個州管轄。不是諸侯分封割據，也不是黨派權力劃分，不知怎麼一來，一條州界線輕輕畫過，大湖就被一分為二，其中三分之二歸加州，三分之一則納入內華達州的版圖，造成了一湖兩制的尷尬局面。

我們知道國有國法，家有家規，不料美國還要加一條：州有州例。這個州視為不法的行徑，鄰州可能變成活命的靈丹。儘管湖水斬不斷，但憑一條分界線，就掰出了兩個截然不同的世界。

中國的湖泊多有豐富的水產。如陽澄湖出大閘蟹，西湖出鯉魚。美國西岸的大湖，由於大多位於高山之上，景色秀美，是喜山樂水之人的好去處，故此都被闢為旅遊區，不重出產。特別是太浩湖，橫臥兩州，如何把遊客搶到自己這邊來，才是當務之急。

看來造物主真是有點不公平，正如我們家鄉那句俗話：「同娘生，不同爹養。」出自同一山脈，由同一個湖的水滋潤，只緣座向有別，屬於加州這邊的，擺出來就是一副富泰相，花團錦簇，草木繁盛，景色份外迷人；而可憐的內華達，人窮狗也瘦，同是幾株松樹，長出來就是多見枒杈少見葉，枯黃黃的難掩敗象。因此遊客不約而同總是先往加州這邊擠，等到大半個圈子兜下來，已是夕陽西沉，人困馬乏，意興闌珊了。

太浩湖很大，繞一個圈子，足七十二哩，要是將湖水傾倒出來的話，可把整個加州淹在十四吋水深裡。這麼大的一個湖，豈會蕩然無物？聽說在一千六百呎下的湖底，可能長著一種十五、六呎長的大魚，因為當局旨在熊掌，未加理會而已。這倒難明了，荒蕪的內華達，為何不效法蒙地卡羅，把目光稍微從賭桌上移開一下，也來搞個魚類研究中心，加以繁殖，好給庫房多闢一條財路呢？

回說加州這邊，陽光正照，景點處處，灣灣相接，隔湖觀之，峰巒疊翠，巖巖競秀；而登高下望，則山光水色，盡收眼底，可說是佔盡了地利的便宜。尤其難得的是，山雖高，山道卻相當平坦，沒有太多令人膽顫心驚的險壁危崖，較之近鄰的大熊湖，更宜童叟遊玩呢。

只有一個地方會嚇你一跳。那是在湖的西北角，好像天上忽然飛下一把大刀，把湖斷然切開兩份似的，而你的汽車，可能正走在刀背上。過後查看地圖，才知道湖是腳板形的，我們剛才是從她的腳趾縫中爬過來了。

加州不僅佔了地利，也甚得人和。加州人篤實保守的作風，深得遊人喜愛。這裡的湖邊公園，清清簡簡，老少咸宜，不少人在日落之後，仍趕來坐上片刻。還有參差不齊的湖邊小店，古樸雅緻，很有鄉村小鎮的特色，遊客也十分樂意留連。

我們一家人最愛釣魚。池塘四周，樹影婆娑，一桿在手，既可憩息，又會平添驚喜。五歲的孫兒首次垂釣，看他戰戰兢兢緊握魚桿那樣子，已夠逗趣了。

池塘似是私營的，不收入場費，還供給漁具，待釣完後才逐尾計數。想像得到，魚一定不難釣。果然，小傢伙首先嘩

叫起來，有魚上鉤了！一條呎來長的小魚，騰地竄上來，又嗖地跳回去，把魚杆拉得彎彎的。孫兒慌了手腳，塘邊的人立即大聲為他打氣：「扯！扯！」還有人提網，有人抽繩，七手八腳很快就把魚捉上來。小傢伙倒怔住了，心兒可能正如魚兒一樣，在蹦蹦地直跳哩。

再說內華達那小半邊，僅一街之隔，一座座大樓驀地拔地而起，與群山比高低，遊人踏足其間，不禁意亂神迷。這就是太浩湖賭場了，位於湖的南端，為兩邊遊人集散的要衝之地。此外在湖的北邊，還有幾家較小的賭館。這個州特許開賭，只要能插得上一腳的地方，總要搞幾家賭場，以拓財路。

當然，大樓也很美。那是一種用金錢堆砌出來，足以迷惑人心的另一類美。如果你志不在山水，就讓自己在煙霧迷漫中，在七彩繽紛的霓虹燈下，呼盧喝雉一番，好好地發一場黃金夢好了。

我們也進賭場，目的是找自助餐吃。看見那麼多吃角子老虎機，孫兒第一個就樂開了：「嘩！這麼多遊戲機，我要玩！」他爸爸告訴他，這不是給小孩子玩的東西，而是大人的賭具。他還堅持：「賭也好玩，我們一齊來賭好了！」真是令人啼笑皆非！

那是著名的凱撒皇宮。見餐廳門前有兩條人龍，我們就站到其中一條的末端。大約等了十五分鐘，忽然冒出一名西裝骨骨的男人，斥責我們不守秩序，亂「打尖」。這條長龍至少有三十人，我們是龍尾，何來「打尖」之有？他失職在先，失禮在後，結果大家憤怒地一哄而散，不吃他的了，相信也一定不去賭了！

這倒好！其實除了賭之外，這裡也有個好玩的地方，很值得一遊。就是賭場旁邊那個碼頭，灘寬浪輕，橋長水清，不論戲水還是坐船遊覽，都是件賞心樂事。而且船上也有好吃的，碼頭更有小艇出租。遊船不時「嘟嘟！嘟嘟！」的叫幾聲，彷彿在向賭場裡的人呼喚：上船來玩啦！

遛狗

琳琅滿目的寵物食糧與用品,最能令外來人驚嘆,以為美國人真是闊得很,連畜牲都活得寫意過人。

其實寵物之所以如此得寵,與美國人的精神空虛不無關係。在文明盡失的今日,養一頭小動物,讓精神有所寄託,為生活添點樂趣,實不失為一種平衡心理的好方法。

可也真怪,說養就養,竟然一下子蔚為風氣,人人都要來養牠一頭。小動物有福了,有價了,怕的是從此泛濫成災了!

寵物之中,由耗子至巨蟒,從獅子到豬玀,可謂無奇不有。最普遍的是養狗,老虎狗、北京狗、牧羊狗、臘腸狗……富貴人家固然養之,措夫蓬婦也愛拖著隻狗兒隨街走。

華埠附近有個拾破爛的,居然也有一頭小狗。

有人甚至把狗與婚嫁生育一併計議,認為狗是女人與小孩最佳的伙伴,有他們的地方就不能沒有小狗。

是的,一頭乾乾淨淨、小巧玲瓏的哈巴狗,跟在後面搖頭擺尾,的確是蠻討人喜歡的。

一頭大大的狗,威武有氣勢,又可為主人看門守戶,做一頭忠實的「看門狗」或「門口狗」。「內有惡狗」是暴發戶唬人的惡話。而美國原是世上最大的暴發戶,只因為家道中落,家裡已無甚貴重東西需要看守,所以反而不大愛用這幾個令人討厭的字眼,倒是有一些公共場所為了保持清潔,不得不掛出告示:不得在此遛狗!

狗之所以得人歡心，又被人鄙視唾罵，完全基於牠那與生俱來的奴性與獸性。一句「狗養的」、「狗東西」，道盡了狗的幸與不幸。不過狗一旦發起威來，或者絷起馬來，又真能令人畏之懼之──狗屎！誰見了能不退避三舍呢！

紐約最好，管你是一身羅綺、竟體芳蘭的闊太，你的狗拉了糞，就得清理乾淨，不得有違。也真服了她們，玉手纖纖，不慌不忙向前一伸，嫻雅的一撥弄，那堆寶物便巧妙地被翻進套子裡，就如撿回一枚掉下的別針，不留半點痕跡。真個是「人家孩子的屎臭，自己孩子的屎糖膏油。」要是換了別人的狗在她面前拉糞，看她能不掩鼻而逃！

波士頓就糟糕，僅有的一點市肺，人狗爭路。有時是主人與狗競跑，有時是狗兒歸狗兒，主子歸主子，各交各的朋友。結果異香撲鼻的東西，隨處可見。政府不勝其煩，不得不效法紐約，在一些地方豎起警告牌：「必須清理狗糞，否則罰款一百元！」倒可謂一舉兩得，妙著也！

確實有人學足紐約的貴婦，帶齊一應傢生，並真的動手清理。但更多人是裝模作樣，瞥見四下無人，馬上拖了狗兒就走。

沒法子，潮流如此，大家節衣縮食，也要養隻狗兒。於是人狗爭道之外，還要人狗爭食；狗養得愈多，人也就愈苦。

中國人也養狗，不過通常另有用途，尤其是在一些窮鄉僻壤。「狗肉滾幾滾，神仙坐不穩。」即是供奉五臟廟。有些地方甚至還有狗肉店，公然供應香噴噴名副其實的香肉哩！

啊，紐約……

又來到了紐約！

第一次踏上這個大都會，是在移民美國後第二個月，一來想物色一個較為合適的謀生之地，二來想見見世面，一家大小作了首次長途汽車旅行。由芝加哥附近出發，途經底特律、蘊沙、多倫多、渥太華、滿地可等城，兜了半個大圈子。一路上並沒有驚奇的發現，直至見到了一幢幢擎天的高樓，大家才不約而同大聲呼叫：紐約！

對紐約，早已經心嚮神往了。但是聞名不如見面，遊逛了一回，驚嘆了一番，最後還是返回原地。小的既無本事，又無野心，紐約的樓房雖好，只怕高處不勝寒，不是吾輩立足之所。

有人為我們惋惜，因為我放棄了一宗頗大的買賣，不然現在必定大有斬獲。也有人為我們慶幸，因為我為孩子們選擇了一個更好的讀書環境，讓他們都能學有專長。

我們沒有後悔當初的決定，但久不久還是要來紐約走一趟。二十多年前初到貴境時，這座名城剛從破產邊緣復甦過來，不巧這次再來，她又一次陷入困境中，還不知何日才能絕處逢生。這個世界第一大城，可算是多災多難了，不過這並不影響我們的遊興。我們要求不高，反而每次都會有些新發現，新收穫。

這次來到，適巧拙作「狗」〈即「遛狗」〉在當地的報紙刊出，其中一段寫的正是紐約。現在身歷其境，回頭再看看那篇塗鴉，自己也覺得十分可笑。

就在那個下午，我們逛完了TRUP TOWER，正說著這一帶因為多是商廈，狗隻出沒較少，算是城中難得的淨土。誰知話未落音，老妻忽然一手把我拉住，大喝道：「狗屎！」一看，不就是一堆熱辣辣的狗屎！

在「狗」文裡面，我說紐約的狗主守規矩，能自動把狗糞清理乾淨，其實不過是一種相對的說法，當中也許還有先入為主的錯覺。先是見到幾個婦人帶著箕拖著狗散步，就以為紐約人真有公德心，後來見到街上罰款警告的牌子，又覺得紐約比放任不管的波士頓有辦法。但如今不守規矩的人愈來愈多，顯然是養狗成患了。有人開玩笑說，一天外星人來到美國，見到人們一個個捧著小狗當寶貝，像狗的奴才，一定以為狗才是地球真正的統治者哩。

是否執法者也愛養狗？否則紐約和波士頓那麼窮，為何不多派出一些警察，像抄車牌那樣，多抄些不守法的狗牌呢？認真執行，每屙一百，不但可以保持街道清潔，還能為乾澀的庫房開源，何樂而不為呢？

與狗的增長成正比例，成為紐約市另一大患的，是露宿街頭的流浪漢。衣衫襤褸，一身髒臭，十足深山大野人，簡直比街邊的野狗都不如。

真是一個奇特的都市，最富有、最貧困、最顯貴、最卑賤的人，都擠到紐約來了。

我們每次來紐約，皆住曼哈頓。這兒既是華爾街高級白領的聚居地，又是狗與流浪漢的天堂。他〈牠〉們都是自己族群中的頂尖兒，共同把紐約點綴成為一個別具特色的都會。

從大廈出來，剛好有一位貴婦拖著隻小狗經過。小狗不肯走，在大廈圍欄外的長椅與垃圾桶之間停下來，轉了轉，嗅

了嗅，有點猶豫的釋下了重負。然後，反客為主，倒過來拉著主人走。

誰也沒有留意，長椅上有位流浪漢睡得正香。

狗驚動了他，他驚動了蒼蠅。蒼蠅嗡嗡的飛向狗糞，他杳杳的離開椅子。

狗拖著主人一同走進華廈。那麼流浪漢要到哪兒去呢？公園或地鐵站，像狗一樣需要「方便」一下，還是另找一張長椅子，繼續睡他的午覺？

路上有狗屎，小事耳；公園和地鐵站裡有人糞，並成為流浪漢的居停，問題就不小了。這是紐約市府的政德，也是紐約市民的無奈！（謝天謝地，自從朱利安任市長後，紐約的市容有了顯著的改善。）

這次來到紐約，又在紐約看到了自己的「狗」，頗有點感觸，就作以上的補充。

當然，來紐約玩，開心的事也能裝滿一皮篋。

還記得孔子大廈對面那家銀行嗎？那座大廈好像永遠完不了工，老是搭著個鐵架在裝修。年復一年，我們來了一趟又一趟，每一趟都得在那個陰沉的鐵架下面鑽來又鑽去。這回可好了，鐵架拆掉了，整個華埠也好像豁然開朗了。

還有銀行附近那間酒家，年年鬧勞資糾紛，如今終於重新開市了。

特別令人開心的是，華埠的地盤大大地擴張了，我的一口南腔北調鷄尾話，終於派得上用場了；台山話之外，還有廣州話、福州話、北京話、上海話、越南話，真是咱們阿拉多麼過癮也！

　　料想不到的是，竟能在紐約看到了日出。雖然沒有西雅圖空中看日出那種震撼人心的壯麗，但旭日未露，已先撒下萬道霞光，把大海染紅，把大橋照映得分外玲瓏。然後，火樣的艷陽冉冉升起，緩緩的攀上橋欄，穩穩的停在橋頂上，也是蔚為奇觀。每天清晨，我們都倚在窗前，等著這奇景出現。但願它能把紐約每一個角落照亮。

　　尤其值得一記的是，蒙《僑報》副刊主編陳楚年兄約見，並拜會了副總編輯甄瑞富先生，同一時間幸得兩位良師益友，是此行最大的收獲也。

搶

對於以不法手段，把別人的金錢攫為己有的，坊間有一句很不客氣的話：靠搶！

如果真的有人來搶，那又如何？

經商謀利，哪怕是暴利，是席捲，是斬，都不叫搶，而叫利潤，叫盈餘，叫賺。這些人都有大本事，還可能是大人物，是眾人崇拜的偶像，或嚮往追求的目標，咱不談。

托著機槍打劫銀行、搜掠金行的汪洋大盜，當然是搶。但這些人比拿破崙還要勇敢，也不隨便亂搶，所以也不談。

唯有那些既無大勇，又無大志，躲在一角覷準機會做些小動作的魍魎小鬼，才是我們日防夜防的搶匪。香港鵝頸橋虔婆們鞋底下的紙小人，就是他們的代表。大家誠心禱告，祈求趨吉避凶，「好人行來，小人走開」，就是希望這等小人遠離我們身邊。

但小人總是比神靈更接近我們。乘人不察，趁人無備，實行空空妙手，是為暗搶；刀槍指嚇，恃強欺弱，強行掠奪，是為明搶。

我們華人最易被搶，也最多人來搶。

底特律最教人沮喪，幾間華人店鋪，都是關著門做生意。無他，就是怕人搶。差堪安慰的是，華人坊眾還算團結，多能守望相助，協力防範。雖不足以禦外，起碼可以減少損失，或彼此壯壯膽子。筆者多年前曾在那裡逗留數天。一位姓余的老伯，關照頗多，曾於半夜騰出車位，讓我把車子泊進

他的後園。這種同胞之愛，手足之情，在別的地方恐怕不易見到。對他老人家那份感激之忱，於今未減。

被搶過幾次，見過鬼怕黑。波士頓華埠的金行，也是重門深鎖，顧客惠願，需按門鈴。還沒有見面，買賣雙方先已打了個寒噤。接下來的每一分鐘，更是提心吊膽。這樣的生意，如何做得下去！

紐約華埠則是最像樣也最不像樣的華埠。人如潮湧，車如馬龍，大家都忙著抓錢。有本事的開個檔口，賺你的，沒本事的站在街頭，搶你的。真是各盡所能，各顯神通，熱鬧極了。

白菜一元兩磅，便宜，我要六磅！掂一掂，唷！不到三磅吧？別廢話，不夠回頭拆我招牌。爽手點！

葡萄子一元一磅，也便宜，要三磅。可不能揀，我來給你！一晃眼裝滿一小袋，磅針還跳著，價錢早報了：五元！怎麼都是爛的呢？⋯⋯下一位！你可不能遲疑，阻礙別人發財。想跟他理論，他卻愜意地唱起了歌謠：

「搶、搶、搶，你也搶，他也搶⋯⋯」

自嘲嗎？自諷嗎？才不！旨在告訴你，大家都是在搶。你不也是看準了他最便宜，才來搶購的嘛。天下間哪有那麼多便宜貨！

一位小姐突然哇叫起來，原來手提袋裡的小錢包不知何時不翼而飛，信用卡、證件、錢，都不見了！

旁邊一位賣花的小販，好整以暇的，像爺爺給孫兒重複一個聽來的故事：

「墨西哥人，跟住你許久了⋯⋯吶，還在那頭，快去追啦！」

街上人頭湧湧，哪一個墨西哥人喲？

四周圍滿看熱鬧的人，誰也不曾為之動容。有兩個人似乎有點錯愕，有點氣憤，但朝賣花的瞪了一眼，也沒有說話。

原來華埠是塊肥肉，華人都是肥羊，偷、摸、搶、劫都如探囊取物，易如反掌。於是四方君子，八路英豪，都來上下其手，探而取之了。

巧設陷阱，招搖撞騙者，有之。

喝令舉手，洗劫一空者，有之。

跟蹤回府，強行搬家者，也有之。

總之是搶，手法五花八門，手段無奇不有。連自己人也來搶一份。一盒月餅一百二，一盆年桔二百四，都說是送的，可你夠膽不要，夠膽不給？

這些明搶、暗搶、武搶，都是等而下之的搶，一般還可以設法避一避，防一防。最令人氣惱又氣結的，是那些掛正招牌，雖不合理但卻合法的文搶，任你多麼精明，最終還是跑不了，躲不掉。

虛驚一場

電車忽然停下來，有人搶著下車，有人高叫不可亂跑，接著警車嗚嗚直響，大有大難臨頭之勢，嚇得大家亂成一團，不知如何是好。本來就膽小如鼠的老妻，相信一定連魂魄都出了竅了。

「什麼事？」

「持械行劫！」

乖乖不得了！子彈不長眼，誰賠得起！連司機都棄車逃走了，我連忙也拖了老妻下車，躲進大廈裡，避一避風頭火勢再說。

警察開始封鎖馬路，攔截車輛。途人無不害怕得面青口唇白，四下竄逃。看來危在旦夕，槍戰一觸即發矣！

瞄見孤守地鐵站出入口處的警伯，捺著佩槍，戰顫顫的不知所措，好像比我們還要害怕，不由得有些難過。寡不能敵眾，而且面對的是一群亡命之徒，只消一個照面，「砰砰」兩響，馬上四肢擺平，一命嗚呼，留下來的孤兒寡婦，教誰來照顧撫育呢？

與其做過河卒，不如做馬後砲，英雄好漢留待你來當好了！

可能就在這一念之間，讓賊人逃之夭夭了。熙熙攘攘鬧了一場，結果是：悍匪持械打劫香港置地廣場珠寶行，掠走名錶價值三百餘萬元，逃去無蹤。

本文名為〈虛驚一場〉，實在不很貼切。擺明有人賠了三百多萬，還「虛」？說是珠寶行驚了一場，保險公司虛了荷包才是真的。

今日的匪徒不同凡響，要麼不幹，要幹就一定是大的，而且只許成功，不許失敗，警察通常只是馬後砲吧了。不錯，英雄大戰梟雄，警匪血洗街頭的激烈場面也曾有過，可惜最後讓人們記得的，總是大盜如何兇悍厲害，而不是警察怎樣驍勇善戰。這真是一件令人氣惱又氣餒的事！

五、六十年代，香港也曾發生過一兩宗擄人勒贖、械劫銀行、警匪對峙的大案件，那是真像太陽從天上掉下來那麼大，過了好幾十年，還常常被人們提起。不過除此之外，香港人基本上是安貧樂道的。鬧市不必說，連僻靜昏暗的小徑，都可以成為戀人們漫步談心的「姻緣道」，而從未有人剪徑，可見香港雖然未成盛世，至少是相當安靖的。民風純樸，人間有情，從來就是社會安定的要素。一直到了七十年代，香港人逐漸富裕起來，街上忽然出現了「箍頸黨」，世界才開始變了。情侶們被迫轉移陣地，紛紛走上時鐘酒店。從此再沒有長椅上的低語，月影下的凝視，而只有軟枕上的廝磨，圓床上的縱慾。於是，社會風氣急轉直下，要麼是，要麼不，要麼有，要麼無，一切都來得直接了當，冷酷無情，而那些溫婉的言詞，細膩的情意，也就消失殆盡。

自八十年代起，香港更為富有，希望迅速發達的人也更多。大家心裡都點燃了一把火，要發大財，做大買賣，箍頸已無濟於事。於是暗的偷扼拐騙，明的刀槍大炮，無所不用其極。

有人問筆者，到香港玩怕不怕？我說不怕，因為我的錢不夠大盜強徒喝一口酒，飲一杯茶。不過其實有點怕，因為

隨時可能「揸甸砰砰」〈見註〉，流彈無情，焉有不怕之
理呢！

註：殖民地初期，大英商揸甸洋行，每到正午必放炮三響，以示威勢。

職業病

　　香港人操詞比較不客氣，見到人家的行為稍為有點怪異，即言行舉止與普通人有點不同時，會衝口而出說：「變態！」或者：「畸形！」而香港這種變態的畸形人，好像是愈來愈多了。

　　沒有法子，社會有一股無形的壓力，逼著你向錢洞裡鑽。而另一方面，香港人做事又總是那麼投入，一旦搭上手，便一定鍥而不捨，拼了老命也要把它做到最好，因而走火入魔的事情，幾乎無可避免。

　　剛回到香港，在街上遇到一位闊別十多年的親戚，被招待至附近一家麥當勞，好像是昨天才談過生意的熟客似的，連問好都免了，從公事包裡抽出一帙文件，即口若懸河，嘩啦嘩啦說個沒完沒了。

　　「我已經改行做這個了。你看，日本人發明的磁性床褥，真了不起！就好比德國人製造的平治房車，全部真材實料，每一張褥子，足有××粒真磁。真是有病祛病，無病延年，像你這個年紀，非買一張不可。哪！這裡有圖片，不少名流巨賈都買了。我父親也買了，睡了半年，腰骨不痛了，失眠症也不藥而癒了。我也買了……」

　　瞧了瞧他遞過來的名片，××健康產品推廣部經理，不由得刮目相看，肅然起敬，當年那個見到陌生人就逃跑，像個靦腆小女孩似的黃毛小子，幾時變成一個摔壞了掣、收不了口的機器人了！

「佣金不錯，賣一張，百分之十五，賣兩張，百分之二十，賣三張……賣了五張，就可以拿到代理權，自己掛名開公司。我的老板黃先生，是××洋行的合夥人，××公司的大股東，入息豐厚，也沒有放棄推銷工作。改天你返回洛杉磯，也可以搞個分銷處，用我的名義……」

真是一件不尋常的產品，一個MADE IN HONG KONG的錄音傳話筒！

▲　　▲　　▲

第二天，參加一位朋友的婚禮。曲終人散後〈大吉利是！〉，酒樓部長笑吟吟捧來香茶和帳單，客氣地、但分明是機械地對我們說：「場面熱鬧極了，大家開心極了，我們酒樓的服務，也真是好極了……」

「有人說雞絲翅像粉絲湯！」不知哪位仁兄搶白了他一句。

部長楞了一下：「噢！哈！真抱歉！真對不起！這兩天，就是這兩天，魚翅的價錢突然暴漲幾倍……您知道啦，我們做酒樓的，多難哪！這樣好不好，下一次再來，我給您打個折……」

新娘子聽了，唰地黑了臉：「什麼下一次？說話要有分寸一點！」

▲　　▲　　▲

新年伊始，語當吉利。可是我們這位的士司機，大年初一，就是故意要你不開心，由關上車門那一刻起，一路上口不擇言，越說越大聲，越說越起勁——

「你們看香港人多麼沒道德！新年，稍為放鬆一點，都亂來了，不許泊車的地方，也泊滿了！萬一大廈火燭，怎麼辦呢？救火車開不進去，隨時會死人呀！你們有沒有留意新聞？那年××街××大廈一場大火，死了五個人，××村××樓……」

「大佬，新年，別盡說這些掃興話啦！」同行一位朋友有點不悅，出言勸阻。誰知司機變本加厲，愈發的動氣：「是真話就不怕說！剛才我就幫垃圾佬敲碎一輛汽車的玻璃，把它推下山坡。阻礙交通，叫人怎麼工作？只顧自己，不管他人死活，還有沒有天理？昨天……」

另一位朋友憋不住，回敬他幾句：「大佬，看你火氣這麼盛，不是家裡出了事啦？不是老婆或女兒給人滾啦？再不然，你剛剛給警察抄了牌啦？」

司機終於收了口。靜靜的走了一段路，忽然猛地一踏油門，接著嘎地把車剎死，負氣的說：「三十一塊錢，千萬別給小費，免得又不開心！」

大家都讚朋友有辦法。他淡淡的回答說：「對付這種人，就是要以牙還牙。不過其實沒有什麼，他只是想發發牢騷，職業病而已。」

是嗎？只是職業病嗎？

的士，的士！

　　計程車是都市裡最便利也是消費最高的交通工具。特別是在經濟還不很發達的六、七十年代，香港人甚少有私家車，邀得女友相聚，總愛往路邊一站，手一揚，響亮的喚一聲：「的士！」然後，一輛綠色的平治嘎然停下，你拉開車門，小心扶住佳人的手，讓她先上車，這樣你便算一位挺瀟灑挺闊綽的男士了。即使是到了今日，大家都有汽車了，計程車在許多地方，還是甚受歡迎。我們洛杉磯地方較散，是少數的例外，其他大都會，交通擁擠不堪，動不動自己開車，就十分費時失事。所以紐約街上總是滿眼黃色的出租車，連住在曼哈頓區的紳士淑女們，都樂意「打的」代步。

　　由於需求日增，滿街人都在叫的士。物以稀為貴，的士司機就開始坐大，開始罵人、騙人甚至欺人了。而且不獨一兩個地方唯然，喜歡出門旅遊的人都有經驗，哪一天不受的士司機的氣，算是好彩了。

　　巴黎的的士司機最斯文。問題是，他大爺根本不在乎你幾個臭錢，要是此刻不想開車的話，莫說要他載你，你就是抬來八人大轎，只怕也請他不動。雅典人就完全不同，不但貪到出面，還可能拿你當餌，開著輛車子隨街兜，硬要釣上一兩名散客才肯上路。

　　以為紐約最先進，誰知她的的士又破又髒，九十多度的大暑天，司機居然自己開一把小風扇，而把屏隔在後座的客人當鹹魚乾煎。香港的的士大佬更加豈有此理，他賭輸了馬，又

挨了老婆罵，一肚子窩囊氣無處發洩，就看碰上哪一位倒楣乘客了。

「舊山頂道帝景園。勞駕！」

受過幾次閒氣，學乖了，學精了，先賠上笑臉，然後才報上地址，末了還加上一句客氣話，以為夠「醒目」了，誰知還是不行，的士大佬怒氣沖沖的一句話就頂過來：「你以為帝景園一定人人都識得嗎？講清楚，舊山頂道幾多號？」我又不是和他曬身價，以為帝景園高人一等，只知道人人都這麼叫，也就這麼叫。像北角的明華大廈、太古城等大型建築物，簡直像條村，終日在街上討生活的人，就不信他不識路；他分明是無理取鬧，有心「落你的面子，壓你的威風」，好為自己製造一點快感而已。

除了品性問題，還有道德問題。像以前由香港中區至舊機場，通常一百元左右就夠，但是外國人上車，說不定會超過一千元。有一位仁兄甚至要五千元，結果被扭上警局，自己吃了官司之外，連政府都丟了臉，不得不在一些當眼的地方，做一些標誌，標明某些路段的的士價目，以免再有同樣的醜事發生。

不用說，紐約更糟，三部車由林肯中心分頭開去中國城，可以有三個相差一倍以上的價錢。

這次重返香港，倒有個可喜的發現，的士司機客氣多了，親切多了，不但友善地主動攀談，還熱情地去搬挪行李。不獨我一個人這麼說，好幾位朋友都這麼說。理由很簡單，但也很不幸，自從金融風暴以來，尤其是新機場啟用之後，搭的士的人少得多了。司機坦白告訴我們，他已經在機場輪候了四個鐘頭了，而在以前，要他等四分鐘，睬你都傻呢！

　　以筆者的經驗，東京的交通服務最好。日本人做生意，永遠秉承顧客至上的宗旨，就算騙你，挖你的肉，也是禮義周周，畢恭畢敬。因此即使公車如地鐵，都弄得乾乾淨淨，一塵不染。的士更不必說，光看那排場——精緻的墊子，考究的禮服，乾淨的手套，一絲不苟的煲呔……簡直就是一輛一流酒店的禮賓車，你一招手，車門便慢慢的自動打開，然後又慢慢的自動關上，非要把你弄得飄飄然不可。

　　這裡的的士起錶額分兩種。較低的一種，聽說對短途客比較著數，不過相差也不多。午夜後則一律自動提高一些。那麼司機會不會作怪呢？有次我們吃過夜宵，太晚了，剛好有輛街車經過，就截停它。這一帶我們很熟，根本就在附近，所以才沒開車，但司機反而好像不識路似的，一邊查地圖，一邊打電話，還一邊哦哦連聲，一看就知道快要「出術」了。果然，他兜了個轉，揀了最長又最擁塞的那條偏道走。我們當然不甘上當，在的士路經地鐵站時就先下車。

　　一句話：打的難！

鍋裡乾坤

一盅兩件之外

看了一篇寫海外飲茶習慣的文章，有點感想，也想來湊個熱鬧。

想說的是「廣式飲茶」。顧名思義，「廣式」者，廣東人的式樣也。那當然是有別於其他地區的飲法而獨樹一幟了。不若日本茶道的繁褥累贅，也不像潮州功夫茶的一絲不苟。廣東人上茶樓，同北方人上茶館有點相似，多以早茶為主，午茶為輔，「品茗」之外，還以「點心」佐之。但絕對比北方人講究得多，或者可說有點像他們泡澡堂，一為受用，二為情趣，不慌不忙地，在慢慢品嚐、細細尋味之中，自得其樂。因此「水滾茶靚」固然重要，精美茶點更加不可或缺，一盅兩件下來，會教人感到分外舒泰。

正如人有高下一樣，茶葉與茶樓也分等級。如香港的陸羽，向來是商賈名流聚腳之所，而半島酒店的麒麟閣，則為歌影明星與高級白領喜到之處。這種高級茶樓除了地方雅潔、招呼周到之外，還一定另有「殺食」的法寶，就是它的好茶與美點，絕非一般地痞茶寮所能企及。

其實，上等茶葉不難尋，把地方弄得華麗高雅一點，也是有錢人一種投資而已，唯有一流的點心師傅，千金難求。然而一家一流的茶樓，卻非有一兩名一流師傅不可。他們是鎮店之寶，每個人至少擁有一套自己的獨門功夫，才能做到與眾不同。

洛杉磯一家新張的高級酒樓，即以名師傅為標榜，以「第一包」做賣點，茶葉要的是龍井還是壽眉，倒是悉從尊意了。這叫做先聲奪人，或者可說是看風扯帆，因為外國成功的西餐館，幾乎沒有一家不是以名廚師掛帥的。

做市井街坊生意的又不同，要求不嚴，品味不高，茶樓被視為生活旅途中一個歇腳的小站，把飲茶叫做灌水，開一壺普洱，足夠一桌人飲個飽。茶葉不用說是大路貨，全是整箱整包的買來，點心除了少數幾樣自己製作之外，恐怕也多為行貨或配貨。香港有個時期點心師傅奇缺，一名師傅可以吃通幾個區。他們只管上粉、調味和配料，剩下來的工夫都交給散工阿嬸阿姆們去做了。那麼這種茶樓靠的又是什麼呢？還是人力，茶博士與點心妹是台柱，分別頂著半邊天。

點心妹職位低微，但大多來自街坊鄰里，見過幾次面之後，便阿叔阿嬸的叫開了。有家茶樓我們幫襯了不少日子，敢說是熟客了，但老闆、部長都沒有特別和我們打過招呼，一直當是陌路人，仍然來，就是看在幾位「點心妹」的份上。點心一直是那幾樣，平平無奇，可是由她們端上來，吃起來好像就格外好味了。

至於茶博士，其實也就是晚市酒席飲宴的侍應，廣東人叫企檯，外省人叫堂官。叫堂官似有贈慶的成份，但也十分貼切，因為茶樓酒家的成敗，往往就看他們的臉皮和嘴皮了。事關「嘆茶」與「嘆幾味」是「嘆世界」的組成部份，弄不好變成嘆氣，世界就給敗壞殆盡了。試想堂官像警官，問「呵打（Order）」像審口供，會是多麼掃興！近年中國餐館業每況愈下，部份堂官要負相當的責任。我們每愛自詡來自禮儀之邦，在待人接物時，所缺的常常正是一點禮儀呢！

　　前些天我們到洛杉磯羅蘭崗一家叫三和的酒家飲茶，就無端受了一肚子氣。席中有教授，有來自日本的高級銀行主管，他們平日所到之處，無不備受禮遇。這餐茶飲的本來也不錯，茶水不缺，點心亦頗可口，壞就壞在最後的「打包」。因為有位朋友很欣賞他們的炒飯，想把剩下的帶走，那位看似經理或部長（比企檯更糟）的瘦女人，顯然有點不屑，「啪」一聲把紙盒扔下，揚長就走，嚇得教授直發愣，被日本人寵慣了的大主管，更是錯愕萬分。請問這樣的茶樓，你會喜歡嗎？

大師難產
──有感於黃振華到訪

與著名作家、藝術家、明星、政客的到訪一樣，日前，中國十大名廚之一的黃振華先生光臨洛杉磯，也受到同行朋友的歡迎。筆者有幸叨陪末座，得一瞻名家風采，深感與有榮焉。

原來黃先生不僅是大廚，同時還是廣州酒家企業集團的副總經理與行政總廚，是中國十佳烹飪大師、中國國家級評委、世界廚師聯合會國際評委……頭銜職稱之多之高，可說是廚師之中一時無兩。可是古冬在敬佩之餘，又不禁有點悵惘，有點為海外的高手們感到不平和惋惜。我們常說，美國的中餐館臥虎藏龍，人才濟濟，但是怎麼就不見有誰能破繭而出，成為旅美十大名廚呢？

常言廚房無老二，即是說都是第一，都了不起。聽起來好像人人達觀自用，信心十足似的。但是說穿了，都不過是為了糊口，為了居留，縱有非凡之技，也是無從發揮，而只能嘆一聲虎落平陽，時不我與。一句「廚房牛」，道盡了他們千般的辛酸，萬般的無奈。僅僅這一點，已經輸給了黃振華先生了。

然而無可置疑，中國餐館確實潛藏著不少一流好手。有的是經過多年磨礪，在爐火中淬煉成材的，有的本來就身懷絕技，由於種種緣故流徙至海外來的。我在想，假如這兒也有一個機制或機構，可以為他們的才能做一次考核鑑定，並提供適當的獎勵或贊助的話，情形又會如何呢？

　　裁縫佬提升一格，就成設計家或形象顧問，剃頭佬更上一層樓，便是髮型師或美容專家，那麼廚房佬中有過人本領的，不也可以堂堂正正做一名烹飪大師、餐館老板乃至飲食界權威啦！黃振華其實並非先例，香港的楊貫一早就名揚遐邇，連我們加州的甄文達與林慧懿，也是當之無愧。可惜海外的廚師都是為口奔忙，沒有幾個能像甄文達和林慧懿，先去修個學位，以學問武裝了自己，然後才來打拚。工作就是學習，廚房就是唯一的用武之地。也曾有幾位熱心人士，想方設法，試圖通過一些公開活動，例如烹飪比賽、廚藝表演之類，選拔幾名較具代表性的頂尖人物，加以包裝，盡可能使之成為「名廚」，以廣招徠。誰知這才磨刀，問題便來了一大串：是以個人名義參與，還是代表餐館出賽？贏了要不要給他加薪？他又會不會因此很快被人挖角，或者由於有了名氣，就變得目中無人，不聽使喚了？特別是，他的同伴認同他的實力嗎？餐館會否從此多事了？至於輸了，則不啻丟人現眼，自討沒趣，不但參賽者本人面目無光，對餐館的聲譽更是有百害而無一利。所以結論是：還是先聽黃振華先生高談食在廣州吧，待將來我們也有像廣州酒家那樣的大企業，也敢說食在洛杉磯時，再來商議好了！

　　您以為如何呢？

室雅何需大

　　山不在高，有仙則名，水不在深，有龍則靈。餐館也一樣，不在乎大，只在乎好與不好。

　　著名的Masa餐廳，就只有十張凳子，但竟然開在紐約地王之王的第60街時報華納中心十樓。這兒有華貴的四季酒店、東方文華以及由酒店管理的頂級柏文，其中最便宜的單位，也賣四、五千萬美元，敢於來此展露拳腳的，還會是等閑之輩嗎？

　　Masa以魚生為主，每位收費300至500美元，但吃什麼得由廚師作主，大概是看貨源而定吧，而且每個月只接受一次電話訂座，滿額之後，再大的面子也會被擋駕。

　　小當然比較容易滿座，但主要的，是比較容易控制品質。日本有不少名店，都是這樣小小的。

　　與Masa相反，東京有家單名一個矗字的牛扒屋，卻開在日比谷通一間毫不起眼的大廈地庫裡，既小且舊，光廚房就佔去了一半地方。可是它賣的卻是日本最貴的牛扒，連日本人都說比最貴的鐵板燒還要貴，每客至少售500美元。看剛端出來的頭盤，你還可能以為不過爾爾，因為用蝦、鮑魚與三文魚所做的沙拉，樣子極普通，甚至還有點腥。然而主菜一來，幾乎就沒有人不撫掌稱好，大呼值得。因為他們吃到的，是經過特別飼養的黃牛，要比松阪牛和神戶牛更勝一籌；尤其是，由一等廚師一流手藝所炮製出來的牛扒，皮脆肉滑，多汁原味，是別處一定吃不到的。

還有一家名叫La Tour D'argent的鴨子店，開在東京千代田赤阪見附New Otani酒店內，也是與眾不同。正店在巴黎，創辦於四百多年前的1582年，聽說當年的亨利三世曾經光顧過，因而出名。

不知道北京全聚德的填鴨是否自己飼養，La Tour D'argent的鴨，就真是非同一般。小鴨的最初幾個星期，一律用穀餵食，待發育穩定之後，再放到池塘裡去，讓牠們自然生長，所以既有家禽的鮮嫩，又有難得的野味。從十九世紀起，公司為了加強管理，又為每一隻鴨子做編號。1921年，日本的昭和皇子也就是後來的皇帝光臨巴黎時，吃了編號第53211號的肥鴨，因此至1984年新店在東京開張時，就接續這個光榮的號碼，由第53212號開始數下去。前些時我們也吃了一隻，是第171247號。看官何時路經巴黎或東京，也請去試試看。

我們洛杉磯其實也有不少這樣高水準的小店，而且十分便宜，十元八塊往往就可以吃到一份可口的小菜，只是有待我們慢慢去發現而已。

如帕沙迪納的Fanta Sea Grill，只有十來張小桌，但令人驚訝的是，老闆們竟然全是女生，並且都是畢業於台灣大學的同學。多年以來，她們戮力經營，有不少風味美食，深得坊眾喜愛。像私房八寶砂鍋，捨糯米而用糙米，令人覺得既清新又趨時；最妙是在鍋中加添了蘿蔔丸子，由於飽孕了雞湯的鮮味，啖來分外甘腴，而其本身的清甜，又在湯中起了提鮮的作用，致使本來平平無奇的砂鍋，出奇的美味。來自香港的美食家唯靈先生，曾經給予極高的評價。

洛杉磯羅蘭崗的泮溪漁村，也是不錯。雖然難免港式飲茶的喧鬧和擁擠，環境未算十分清雅，但好在地方不太大，平

時並未過份偏重酒席，而主要是以海鮮晚飯為招徠，加上主政者喜好旅遊，見多識廣，因而不時會有令人驚喜的新奇菜色上桌。如近日推出的「白灼水晶東山羊」與「冰火魚頭」，便頗具新意，至少在洛杉磯地區尚屬少見。

「白灼水晶東山羊」的東山，位於廣東海南。傳說有一種生長在山嶺上的小羊，吃的是靈芝，飲的是甘泉，因而肉滑皮嫩，分外鮮美，自宋代起，即被列為皇室貢品。至於吃法，大多為紅燒或清煮，較時髦的，則有堂灼或火鍋。而泮溪漁村的做法，除了精選同樣肥美的小羊之外，更巧妙地摻合了多種地方性的烹調技法，並經過凍藏處理，然後綴上時果鮮蔬，以冷盤的形式上碟，結果除了具有晶瑩透亮的特殊觀感之外，還兼備了昆明冰凍狗肉的甘香，與北京白切凍肉的清爽，而恰恰沒有羊肉的羶味；如再蘸上一點他們加工精配的醬料，又會另有一番滋味與趣味。

至於「冰火魚頭」，則以肉多雲厚的紅斑魚頭為主要材料，斬件後先沾薄粉炸之，繼而再以薑蔥、蒜子、九層塔快手爆之，吃起來即有奇、鮮、脆、香、軟、滑、甜等多重口感，為下酒下飯的上好佳餚。

正所謂室雅何需大，有麝自然香！我們以為，開餐館也如烹小鮮，與其大而無當，還不如小而精巧；現代人是愈來愈講究精緻了。

尾大不掉

「中國人講究吃，五千年來，最足以自豪的文化遺產就是吃的藝術。王公貴族高坐廟堂享受滿漢大餐，尋常百姓就蹲在廟口品嚐鄉土小吃，雖然大小有別，但口福如一。」我很喜歡這段廣告，所以一再引用，可惜不知何故，做廣告的小店不久即熄火收爐。有人說，因為現代人太富裕，都有點豪氣干雲，要吃便大吃，對於等而下之的小吃，就有點不值一顧了。畢竟，大小有別，要大爺蹲在路邊吃你一塊臭豆腐，也未免太強人所難了吧！

確實，較之外國，中國人的吃，本來就是以大堆頭見長。很難想像，孑然獨觴，你怎麼可能消受滿漢盛筵的膏腴與豐美？自古以來，人們就愛以大碗酒、大塊肉、大家一齊熱鬧的方式，來揭示我們所渴求的富樂和美滿。不過，當大家積聚了一定的錢財，當飽足已不再成為難題之後，飲食的含義便漸漸溢逾原有的範圍，開始演變成為一種專業、事業甚至企業，除了滿足食慾之外，還注重美的欣賞，務使吃它一餐變成一件賞心樂事。於是同業之間就有了競爭。一些人為了建立自己的飲食王國，不惜按揭借貸，力求出奇制勝。結果既有金堆玉砌、峻宇雕牆的排場，又有奇饌異饌、鐘鳴鼎食的氣派，在為貴客提供佳餚美酒的同時，還營造了一個足以讓人顧盼自豪的場所，好教大家在酒醉飯足之餘，還獲得一份形而上的滿足。卻沒想到，當供銷一旦失去平衡，收入不足以支付龐大的開銷時，問題可就大了。

大家知道，僑胞們所立足的異鄉，並非一塊民吏康泰的福地，儘管大家已經盡力，多數人還是僅堪溫飽而已。偏偏，我們錯把水鬼當城隍，都擠到華埠來，都擠在一塊兒，大興土木，廣建廟堂，哪有不香客零落、慘澹收場的道理！

但求體面，不切實際，好大喜功，最終一定只能大而無當。如波士頓的唯祿，耗資鉅萬，買了整座山頭，建了一座一千五百個座位，無比富麗堂皇，號稱是全世界最大最漂亮的中餐館，卻不料不到兩年，由於入不敷出，即被銀行接管！而銀行裡的人，只怕見到廚房的光雞，都要吱呱大叫，餐館的命途如何，還不是不言而喻了！

洛杉磯有幾家飯店，尤其離譜，接管它們的，還不是融資的銀行，而是承辦裝修工程的建築公司。有一家有名的裝修公司，名下居然有好幾家餐館。倒不是有意插手外務，而是因為餐館尾大不掉，欠債不還，明知接管等如跌倒抓把砂，也只得勉為其難了。

還能勉強撐著的，唯有各出奇謀，競相搶客。於是就有「豆腐價錢、帝皇享受」的怪象：你的點心賣二元，我賣一元六，你的龍蝦賣七元，我賣五塊九，等於是以血本染紅地毯，恭請貴客上座，還能夠支撐多久！然而寧可鬥個你死我活，就是不願放下身段，來為坊眾們開間小食店，弄點廟口式的風味小吃。要明白，特色、精緻、優雅、美味、價廉才是普羅大眾的需求。那家打廣告的小店經營失敗，怕是另有因由吧！

慷慨回報

如果要大快朵頤，作饕餮之享，當然非中港台莫屬。中國人豁達豪邁，喜歡舖張揚厲。炮鳳烹龍，屠豬宰羊，容或有點粗拙，不過你只管開懷大嚼，吃它個三天三夜好了。

但要是僅想淺斟低唱，小嚐即止，或者在飽餐之餘，還要享受一下侍應女郎殷勤細膩的服務，那便請到東京去吧！大和民族吸納了唐宋文明的精華，美食雅淡而精巧，並且自立了一套獨特的禮法，人人謙恭溫文，尤其是婦女，柔情婉轉，禮義周至，你來了，必定把你尊為上賓，悉心款待。

記得幾年前，曾經有幾個日本遊客，因為要求北京飯店的侍應下跪，激怒了不少中國人。何許人也，老子連拜堂成婚尚且未向祖宗下跪，你算老幾，要我向你膜拜？的確，那是侮辱，簡直豈有此理！然而假如撇開此事不談，而僅以日本人的習慣而論，看法便可能有點不同。在他們看來，你大駕光臨，就是恩客，就是衣食父母了，向你鞠個躬，叩個頭，又有什麼不妥呢？

由於受到地理環境的限制，日本城鎮的民宅大多比較狹小，一室往往需作二用。如睡覺時打個地鋪（他們叫塌塌米），就是寢室，吃飯時擺張小几，就是餐廳。久而久之，不少飯店食肆也承襲了這種傳統，餐廳裡只備矮几數張，而並無高檯軟椅之設，貴客惠顧，唯有席地而坐。而作為侍應，自然不可高高在上，於是翻然下跪，並順勢給你深深一拜，以表歡迎。不用說，之後的敬茶斟酒，更盞換酌，也無一不是跪著進

行。想是習以性成吧，一方面施之自如，一方面受之無愧，漸漸就成為理所當然的俗尚了。

也就是說，下跪只是一種禮儀吧了。日本人待客，真可謂無微不至，花樣多極了，就連你頭上一頂帽，身上一件大衣，腳上一對鞋，都會作出最細緻、最妥善的處理。

我們有回在六本木的OKURA酒店吃完魚生，正想取回大衣，豈料侍應說：「商場有好幾家名店，可能有適合您的東西，或者飲杯咖啡也不錯。先生們的衣物已送到大堂衣帽間，不必再折回來，出門前向櫃台取回就是了。」對啊！大堂有暖氣，穿著大衣遊逛不嫌累贅嗎？

第二天到FUROTOSSI吃晚飯，天氣很冷，除了大衣之外，還加了圍巾和手套。不消說，這些東西進門後都得脫下。我的圍巾和手套並不名貴，而且相當舊了，侍應還是小心翼翼的把它們摺好包好。因為座位在二樓，衣物放在何處就不清楚，只知道兩男兩女每人一套，都是大同小異。及至食罷下樓，也不待吩咐，侍應們早已恭候在前。共三位之多，一人拿，一人遞，一人穿，居然毫無差錯，不一會兒就把我們武裝起來，可以昂然上路了！

有些地方還要換鞋。一些居酒屋和溫泉酒店，甚至連貼身衣襪都要脫下，再穿上他們特備的和服和拖鞋。不過請放心，他們會小心把你的東西包裹好，再逐一鎖進儲物櫃，然後把鑰匙交給你保管，哪怕口袋裡有頭金牛，也不會丟失的。

至於為你舖上餐巾，繫上圍裙，或給掛在椅背的外衣套上個封套，更是常見的瑣事了。

　　最令人興奮的是，當你展開餐牌，竟赫然跳出閣下的大名！這其實也不太難，只要預先訂座，較有名氣的飯店，都會自動這樣做，餐後還可以把餐牌帶走，留作紀念呢。

　　是的，都不過是些表面功夫而已。但顧客是很在意這些的。誰不想得到別人的尊重呢？要知道，你的一言一行，都可能深烙在他們心上。有時淺淺一笑，會比羊羔美酒更加醉人，短短數語，會較珍饈奇食更堪回味。人家是來花錢買享受的，請不要吝嗇你的回報（不是施與）！

微笑與咖啡

　　日本人縱有千般不是，他們對待工作與事業的熱誠、專注、虔敬、執著的精神和態度，還是令人敬佩的。特別是餐飲業方面，不論員工還是店東，都是認真盡責，全力以赴，務求做到賓至如歸，人人稱好。於是日子有功，無形中形成了三方一體，休戚與共。如東京一家經營有年的餃子店，因為老師傅死了，事前他又把做餃子的配方賣了給別人，店主為了一個「誠」字，居然決定停業，而一群光顧多年的老顧客，又居然不離不棄，每天都到店前來遛轉遛轉，希望它會復業，結果驚動了傳媒，紛紛深入採訪，競相報導，以致一時傳為佳話，令城中人既感動又惋惜。

　　類似餃子店這樣的例子，一定不少。就筆者所知，東京一家著名咖啡連鎖店，最近宣告結業，同樣令人為之扼腕。

　　在東方人心目中，餐為主，飲為副，無論你的咖啡店開得多麼浪漫雅致，也只能是在人家辦完正經事之後一個無聊的去處，或者充其量，是一個為人們提供清談雅聚、消暑歇腳之地，與堂皇富麗的酒樓飯店根本不可同日而語。日本人淹宅加外明白這一點，所以直截了當把自己的咖啡店叫作「談話室」。可是請別誤會，以為此「室」僅是一間「室雅何須大」的清雅小室而已。他共有四間之多，分別開在東京御茶之水、池袋與新宿三地，最小的那間也有170個座位。新宿火車站口的老店，則擁有350個座位，面積550平方米，即6,000呎，馬上就是開業四十週年大慶。如此的規模，就是叫它們

做咖啡樓或加啡閣，也是當之無愧。不過「談話室」之所以出名，倒不在於大，而是由於店裡有一種特別溫馨的氛圍，足以令人流連忘返，一杯難忘。淹宅加外認為，一杯芳香的咖啡，固然可以給人一份美好的感受，但是顧客們首先接觸的，並不是咖啡，而是員工，如果他們一開始就給人一個親切友善的微笑，留下好印象，那麼接下來的一切就一定好辦得多。所以在「談話室」，微笑、鮮花與咖啡，是同等重要的三寶，正如顧客、員工與老板的關係同樣重要一樣。

淹宅加外這樣做，是有原因的。大學時，他患了肺癆。在當時，那幾乎是必死的重病，已經作了最壞的打算。卻沒想到，絕望中住進醫院，面對著一張張和藹可親的笑臉，竟漸漸發覺，活著還真好，又不想死了。文雅點說，護士小姐們那些動人的微笑，重新點燃了他生命之燈，使他堅強起來，勇敢起來，終致戰勝了病魔。此後，微笑就成了淹宅加外努力追尋的東西，也成了他開啟成功之門——「談話室」的鑰匙。

「談話室」在1966年開張。不過早在一年之前，他便開始招募員工，著手集訓，並立下規矩，所有新人頭三年必須入住宿舍，而且每晚九時前就要就寢，以便保證質素，統一進度，和養成良好習慣。至目前為止，住過宿舍接受過嚴格培訓的職工，已超過二千人。出人意表的是，「談話室」的東西並不貴，香濃的咖啡，可口的糕餅，一律僅售一千円，還不到十美元。所以一開張，立即引起人們——特別是教授和作家們的興趣。他們常常一坐就是幾個鐘頭，聽說有不少成功的論述，感人的佳作，皆是在咖啡的芳香與殷勤周至的款待之中寫就的。

可惜，物換星移，到了今天，肯住進宿舍接受微笑和插花訓練的年輕人，已是鳳毛麟角。目下，在一百一十多名服務員之中，只有二成受過認真培訓，而絕大多數的八成，就都為鐘點散工了。雖然生意還不錯，然而服務水準就明顯每況愈下，與淹宅加外的原意漸走漸遠。痛心之餘，他終於毅然決定——關門！

年前，香港有兩家老店突然宣佈歇業，同樣成為大小報刊熱衷的話題。一家是以蛋撻鬆化甘香而馳名，連前港督彭定康也大讚好吃的「泰昌餅店」，一家是以鹽焗雞鮮嫩香滑為賣點，連遠在北美的古冬也為之垂涎的「泉章居飯店」。前者是因為業主瘋狂加租無法支撐下去而不得不罷手，值得同情，後者是因為抵擋不住地產商一次又一次銀彈轟炸而歸田，也可以理解。不過，這兩家老店和日本人那兩家老店，情形有點不同，媒體的觀點與用意，更迥然有別，假如現在我們把當日四份報紙同時攤開來，請您從顧客的角度來評比一下店主們的高下與得失，或者乾脆請您來為這篇短文寫個結語，您會如何下筆呢？

日本人的餃子

　　最近日本飲食界連續發生了三件事，令人深感失落，深感遺憾，彷彿六本木的鐵塔忽然坍塌了，東京從此黯淡無光似的。

　　事件之一，是日本快餐王國「吉野家」宣佈，由於發現瘋牛症，名下的986家店號，同時停止供應每日大約一百萬碗的王牌產品牛肉飯；事件之二，是一家開在涉谷玄阪，已有五十年歷史，但只有八個座位的餃子店，不知何故不開門了；事件之三，是一家開了四十年的著名咖啡連鎖店，生意仍然蒸蒸日上，老板卻認為服務水準每況愈下，同他原先的要求越走越遠，而居然決定不幹了！事情或多或少反映了部份日本人有趣的一面，所以不妨一記。

　　咖啡店已寫過，這兒就不累贅。280丹（約美金二元半）一碗的牛肉飯不賣了，則唯有大破慳囊，吃400丹一碗的豬肉飯。這是大公司一個萬全之策，不但保住了自身的利益，同時也為閣下的平安寫下了保單，說是與民眾共渡時艱焉！你當然可以不吃，否則除了強忍割肉之痛之外，想不出還有什麼可做！倒是吃了數十年的餃子忽然沒有著落了，就好比孩提斷了奶，真有點不是味兒！於是一些喜歡尋根究柢的人，窮追不捨，不時到店前來遛轉遛轉，希望能探得個究竟。一家感同身受，並且一樣八卦的報紙，經過明查暗訪，終於得知端委：做餃子的師傅死了，死前卻把做餃子的祕方賣了給別人，因而店子開不下去了！

有這樣的事情嗎？咱家的女人誰個不會做餃子？隨便一招手，要多少個有多少個，怎麼一間巴掌般大的小店子，死了一個師傅就做不成了？

不錯，因為這裡只賣最好的餃子；可是如果沒有最好的師傅，又怎麼能做得出最好的餃子呢！

日本的餃子，其實就是我們的鍋貼，跟雲吞麵一樣，一種街坊小吃而已，店子搞得再像樣，也不可能成為大雅之堂。奇怪的是，這些店子可以很小，甚至可以沒有店名，卻一定要把「餃子」二字寫得大大的。我們說的這家也不例外，遠遠就能把它認出來。不過走近點一看，裡面非但狹小陰暗，而且簡陋陳舊，見慣了大場面的外國遊客，只怕不屑一顧。可是偏偏，日本不少名店都是這個樣子，大家吃的並不是它的裝潢和排場，而是它的名氣和歷史。他們也會說「室雅何須大，有麝自然香」。餃子店以靚餃子招徠，歷五十年不改，日久歲長，吃它幾個已經成為不少人生活的一部份，捨它莫屬了。

認真點講，日本餃子的餡料，要比鍋貼單調得多，至少用羊肉和韭菜做的就不多見。但是無可否認，日本人的手藝要比我們略勝一籌，餃子的皮做得又薄又白，樣子也較細緻。而玄阪這家小店，尤為出色，不論何時光顧，總能保持好味多汁，新鮮香脆。人們斬釘截鐵的說，它是全世界最好吃的一家了！

孤島小民，既沒有深厚的文化，又沒有豐富的資源，每一樣外來的東西都是得之不易，自然倍加珍惜，以致連小小一只餃子，也被視為天物，甚至硬把成吉思汗拉上來，直指它是英雄的化身，所以才能自古至今，由東亞至土耳其，長期控制著人們的肚皮！

　　然而，假若英雄不死，也不過七百多歲而已，而餃子攻陷人類的肚子，又豈止千年歷史？在這漫長的歲月中，物換星移，不知道有多少餃子店開了又關，關了又開，不知道有多少餃子師傅來了又走，走了又來，從來只怕沒有生意做，哪愁沒有人開工，更沒聽說過什麼祕方不祕方的！可是哪裡想得到，一家只有八個座位的小店子，死了一個老師傅，居然真的就開不下去了！日本人是不是太傻痴、太懵懂了？

懷念那碗麵

　　東京麻布十番區一個拐角處，每次路過總見停泊著不少名貴房車，以為一定是個重要地方，可是仔細察看，周圍並沒有異樣的建築物，只有一家名叫永阪更科的麵食店，頗有一點大和之氣，難道是它招來了四方豪客啦？打聽之下，果然不錯，這是一家歷史悠久的老字號，專賣冷麵，光顧者非富則貴，在日本久負盛名矣。

　　麵，還有餃子和包子，粗糧而已，卻也給日本人吃出了名堂，東京街頭到處可見，隨便找一家，都能讓你吃個飽。特別是原宿區一家譯名近似張家的拉麵店，最是著名，到此拍戲或旅遊的香港大明星大歌星，沒有不來它一碗的。它其實就是紅燒肉湯麵，不過油而不膩，熱辣香噴，肚子飽了還想再來一碗。日本的吃原多比較清淡，這湯麵卻是煮得濃濃的，肉也是燒得綿綿的，好像有點像我們的大滷麵。但你先別管它如何炮製，最緊要趁熱把它吃掉，否則待會涼了，感覺恐怕就完全不同了，因為不少食物的香味，是靠熱力逼出來的，我們常叫人趁熱趁熱，就是這個道理。

　　那麼，冷麵又是怎麼回事呢？少時在北京上海，也常吃涼拌麵、涼拌粉皮什麼的。配料可以用雞絲、肉絲、蝦仁、青瓜、銀芽……可都是些淡而無味的東西，吃時需拌以麻醬、麻油、糖醋或白芝麻、花生末之類一大堆味料，味道才給調出來。日本的冷麵就不同，要品嘗的仍然是麵的原味，所以幾乎沒有配料，食用時只需把蒜茸、蔥花與醬油拌和，再把

小箸麵條往裡面一泡，即可「雪」一聲把它吸進嘴裡，然後慢慢細味。我叫的是一盤有黃、棕、黑三種顏色的冷麵，逐一「雪」之，果然口感、味感各有不同。掃興的是，「雪、雪」之聲四起，把那本來十分高尚幽雅的氛圍，給弄得完全不是味道了！我總覺得，日本人十分會吃，然而不是吃得太難看，就是吃得太難聽，和我們中國同胞的歡欣騰鬧，與歐美人士的不動聲色，可說是風馬牛各具景觀也！

一般而言，北方人比較重視麵食。不過獨嗜早茶晚飯的香港老鄉，在六、七十年代，也曾把獅子山下一檔擔擔麵，香港仔陌巷裡一檔魚蛋麵，視為人間絕品，奔走相告。賣魚蛋麵的因此發了財，想是老天賜福，忙上鬧市開了間大酒家，一心從此做其大老板，殊不知客官皆為忠心不二之士，魚蛋麵就是魚蛋麵，飲茶酒席一概免問，氣得老板頓足搥胸，最後只好把酒樓關了，回頭再去賣他的魚蛋麵。

我一直懷念上海靜安寺那檔牛肉麻醬麵，又辣又香，吃起來汗出如漿，渾身冒煙，覺得最能體現吃的樂趣和滋味。

粗麵一碗，即叫即食。當然遠不如山珍海錯名貴大氣，卻擺脫了正襟危坐、謙恭拘禮之困，對於苦於酒食徵逐的都市人來說，等於從沉悶的酬酢中抽身出來，回家吃一頓家常便飯，樂得輕鬆自在一下。民間的小吃就是有這個好處，無奈老板們只顧得開大店，只顧得割價搶客，走遍全城你也找不到一家又有名又好吃的小麵店！

了不起的公仔麵

　　世界上第一家公仔麵餐廳最近在日本大阪開業。以公仔麵單一商品充場，大唱獨腳戲，令人感到有點意外，所以想談一談。

　　我們知道，我們的祖先早在兩千多年前就會做麵了。可是現在最受人歡迎的，並不是炸醬麵、大鹵麵還是陽春麵，而是日本麵。除非你沒有到過這個國家，否則一定不會沒有吃過九州拉麵；除非你不曾有過儘快吃點東西的念頭，否則更加不會沒有吃過公仔麵。日本人先以公仔麵征服全世界，再以九州拉麵教人認識日本的麵文化。他們是把偷來的東西當國寶了！

　　公仔麵可說是拉麵的一種，本名就叫雞拉麵。但它基本上是另外一種麵，堪稱是時代的產物，時代的象徵。

　　其實，麵的歷史雖然悠久，麵本身的變化卻不大。可能由於中國人過於安份，有麵吃就很滿足，要求不多。日本人可就不同，當我們的打麵師傅在為手拉麵的高度技巧自鳴得意時，他們看在眼裡，記在心裡，回家就以借橋過河的故技，在我們旁邊另起爐灶，建立起第二個麵的王國。還是那套老法寶，在粗拙上加多點精緻，在傳統中安插些新意，結果就如中國的宣紙終究不如日本的和紙好用一樣，「製麵鐵人」的寶座就讓日本人坐了上去！史實也許有待考證，或者是經由韓國人轉手也不一定，總之製麵技術最後是被日本人發揚光大了。

　　並不是長他人志氣，滅自己威風，日本的麵文化看似簡單，實則同他們的家庭電器一般，在現代生活中起了積極的催

化和導航的作用。他們看準了生活的趨向，然後搶先一步，走在生活的前頭，成為引領潮流的先導者。如果說鄧小平的黑白貓論改變了我們的思考方法，那麼安藤桃福的公仔麵，或多或少也左右了我們的生活方式。他這種麵又叫即食麵，後來就與可樂、漢堡包、牛仔褲、汽車和電子用品等劃時代產品齊名，被認為是上世紀影響人類生活最大、最深遠的幾樣東西。這些東西讓我們的日子過得更輕鬆、更活潑，讓人際關係變得更密切、更融和。方便、快捷、舒適、隨意、放鬆，已經成為現代人生活的基本取向。

這是時勢使然，因為快速的工業發展，需要一個同樣快速的生活節奏來配合。在這樣的背景下，1958年，安藤桃福的日清食品公司適時的推出了公仔麵。你可以什麼也不用做，只要燒一碗開水，馬上就可以起筷，一碗香噴噴的牛肉麵或排骨麵，已經擺在你面前。從此之後，遠離庖廚的大學生，孑然一身的單身漢，忙於拚搏的小夫妻，年邁體衰的鰥寡獨，一包在手，兩餐無憂。

這還不是安藤桃福最後的貢獻。他在1971年遊歷美國時，看見美國人飲完飲品把紙杯一扔，「乾手淨腳」，就覺得自己的公仔麵尚欠完美。於是不多久，公仔麵有了新伙伴——杯麵。這才是真正的即食麵，只要你家裡有壺熱水，隨時隨刻都可以來它一杯，然後就跟飲完可樂一樣，順手把膠杯往垃圾桶一塞，連手都不用濕，蠻可口的一頓就告完事了。

公仔麵的銷量有多大呢？嚇壞人，2004年賣了550億包！大陸人就吃了190億包，日本人也吃了53億包，等於全世界平均每人吃了差不多10包！

　　但，勸君更進一杯麵，莫作庸人兀自擾！製麵技術應該是屬於全人類的，不要過於執拗誰是原創者，現在誰做得最好，誰就是我們的功臣。好比太空上的群英，蘇聯人偉大，美國人偉大，中國的楊利偉同樣偉大！

豐美的懷石料理

　　日本是美麗的。這美，不只來自莊嚴肅穆的名寺寶剎，不只來自整潔有序的街巷市廛，也不只來自珠圍翠繞、滴粉搓酥的東瀛美女。美既必須出於自然，又要經過加工昇華。像賞花，盛開的荼薇雖然燦爛，卻不如待放的冬梅含蓄清雅，滿園的秋菊雖然繽紛，卻不及折一枝插在瓶裡鮮麗明艷。泰戈爾說：「日本人從美中發現真理，又從真理中發現美。」我們何妨把話說明白一點：日本人善於將他們對大自然美好的追求貫穿在日常生活中，然後在日常生活中再現大自然最美好的一面。而這，也正是日本最美的一面了。

　　日本人生活的重心是什麼呢？和我們一樣，是吃。於是自然而然地，餐桌成了他們的畫布，餐具成了他們的畫筆，而美食也就成了他們抒發才情最廣闊的園地了。

　　不同的是，中國是大國，沃野千里，氣勢磅礴，而日本是小國，只宜淡雅清簡，精琢細磨。有幸是我們在飽餐豐腴充足的美食之餘，也十分享受日本人的細膩與精巧。不過話說回來，要我們來奉獻一份完美的中國餐，倒是一項浩大的工程，比方說，如果沒有足夠的豪客，何來滿漢盛筵！相反，只要有一個人進來，日本廚師也能盡施所長。分量少、數量多是日本餐的特色，在頻密的更盞換酌過程中，廚師們的絕活也就一一展露了。

　　哪怕是一份最便宜的便當，都可能是一件精心的製作。不過真正佈置如畫，能給人留下無窮思索與回味空間的，還推

懷石料理。春花、秋月、夏雨、冬雪，一切能令人心情舒暢或激盪的大自然的美，盡收其中。或者是一個幽遠的淡淡的意境，或者是潑墨式淋漓盡致的舖敘，俱能把你融進唯美的畫境中，去接受一次美的薰陶。

下次到日本，請盡可能去伊豆半島走一走，而在眾多的溫泉酒店之中，建議你揀「吉春」。一進門，那古老寬敞的大堂，就給你一份祥和安適的感覺。人生幾何，我們幾乎每年冬天都去一趟，享受一下他們誠敬提供的來自大自然的美食，然後自己也投進大自然去，在彌漫的氤氳中，渡過一段恬美舒泰的時光。

每人一份的懷石料理，內容十分豐富，由頭盤的先付（梅酒與開胃物），至尾檯的甘味（甜點），包括清酒、香茶、魚生、漬物、煮物、炸物、燒物（有松阪牛肉、活鮑魚、生龍蝦和活帶子等）共十三組數十樣之多，分別以不同的色彩，不同的造形，先後送到你面前來。不妨先觀賞一番再下箸，裡面既見構圖的功力，又不乏調色的技巧，可謂五色、五味、五感俱全（日本料理的最高境界）。因此以琳瑯滿目、美不勝收來形容，絕對不過分。

但近來發現，有些溫泉酒店的水並非完全是活水，而是循環使用，不只不衛生，還可能有危險，因而今年就沒有再去「吉春」，而選了日本人認為最貴、最高級的皇族御用院宮別邸，即箱根的「強羅花壇」落腳，以為貴就一定好。誰知除了環境較為雅潔一點之外，無論是美的感受，還是肚皮的實惠，都比「吉春」大為遜色。原來最好的東西並非來自金錢，而是來自靈府，也許只有淳樸勤懇的勞動者，才能領悟和體現大自然至美的意境。

其實也不一定非找溫泉酒店不可，不少有經驗的懷石料理店，都可以為你提供一份豐美的饗飧。

吃出來的相撲

相撲同吃能混為一談嗎？待會兒你就明白。

這裡說的是日本的相撲。

相撲是角力運動之一，我們習慣叫摔角，也就是攝跤，即兩人相撲，以能摔倒對方為勝利。

摔角有多種，若以力與勁來衡量的話，蒙古式的最精彩。世運會有此項目，但日本的相撲算是異類，不得參與。不過他們好像也沒有打算參與。這是他們的國粹，相撲手更是國寶，比美國NBA的大將更受國人的愛戴和敬重，而每年一次的全國性大決賽，那種隆重與熱鬧的情景，更比NBA有過之無不及。很幸運，筆者今年有機會躬逢其盛，看了一場。真是不容易，聽說門票老早已被某些團體包銷，或被黃牛黨炒光，到你來買的時候，縱然有，只怕至少也要幾百美元一張了。我們的票子是朋友贈送的，一套四張，估計花掉了好幾千美元，回想起來心裡還有點不安。

和所有人一樣，我們懷著虔敬之心進場。也和大多數運動場一樣，擂台設在場地中央。但座位迥然不同，不是一排一排的列著，而是四個人一組，以一個四方框為一單位，平平正正的。我們只來了三人，個兒又不大，佔四個位，以為十分「鬆動」了，不想坐下不久，就有人送來四大袋東西，另外還有啤酒、汽水和熱茶，至此這個四方形的小框框，可就把我們給框牢了。

真是沒想到，每人這一大袋，竟然全部是食物，摔角那邊還沒有響鑼，我們這邊倒先開飯了。

食物不算精美，卻很豐富。最大的一包是飯盒，除了魚生、壽司、天婦羅之外，還有好幾樣沒有吃過，說不出名堂的東西。肚皮無論如何不及那個紙袋大，怎能消受得了！倒是蜜柑和一些香口的下酒小吃，十分可口，可以一邊看摔角，一邊慢慢享用。

日本的相撲手當然比我們能吃。當他們脫下禮袍，亮出龐大的體態時，你幾乎就能肯定，他們是吃出來的。事實上，每一個立志做相撲手的人，自小就要不停地吃，讓他長肉，因為每添一兩肉，就為他增加一分實力。所以能夠站出來的，都是身壯如牛，力大如虎的巨人。

那麼巨人相搏，是否一定好看呢？看捧場的人如此熱烈，可見一斑；但是很多時候，只見推揉幾下，把對手摔出或扭出圈外，就算贏了，又似乎沒有什麼看頭。據說我們還算走運，剛巧看到最精彩的一場。看來兩位壯士的確盡了力，一次又一次的糾纏，一次又一次的僵持，時而險象環生，時而穩若泰山，足足鬥了六個回合，至驟然響起一陣雷轟似的掌聲，勝利者舉起雙手，向觀眾一再拜謝，才終於結束這場惡鬥。

每一位勝利者，都當場獲得紙幣一包，數目不詳，只知是贊助者對他們的獎勵。每一位參賽者至少有一家贊助商，愈當紅的就愈多。帶領壯士們進場的旗隊，就是贊助商的代表，每一面旗代表一家，浩浩蕩蕩的，很是壯觀。

但斬獲最豐的還不是武士，而是武館，只要他們的選手能獲得全場冠軍，當天大會所預備的全部獎品——數不清的山

珍海味、日用雜貨、整頭的牛或羊，都歸該館所有，至少一年不用買伙食了。

　　然後就輪到我們觀眾，離場前憑入場票根，也可領取一份豐富的禮品——整套的盤碗茶具，足夠一家人吃兩個月的糖果餅食。

　　我說相撲和吃有關，指的就是這些。相撲手們靠一身肥肉名利雙收，如今回饋你一點點，也是應該。倒是我這個陌路過客，無功受祿，就不禁大發傻想，下次去捧大白鯊奧尼爾的場，能不能也揩點油水，而無需在中場時去排隊輪購熱狗呢？因為NBA的大將們基本上也是吃出來的。奧尼爾每天就吃五頓，早餐至少六隻雞蛋，晚餐則是大塊大塊的牛扒。姚明加入NBA之後，第一件事也是改善他的飲食，為他編排每餐的菜式，好把他養肥壯一點。一笑！

清酒也醉人

一如所料，清酒終於飄離日本海，流向世界各國。

抱鼓臥花、一滴入魂、寒中梅、天狗舞、醉仙、李白……然後以鴻飛鸞舞的筆勢，把這些立體的短句，生動的形容詞，熟稔的名字，狂揮在一個個也古也今、趣味盎然的瓶子上，就構成了日本清酒的無限魅力。

深受武士道文化困圍的日本釀酒技術，嚴謹而劃一。既不像中國的大麴、俄國的伏爾加那樣具有爆發般的烈性，也不若法國的干邑、加州匿帕盆地的紅酒一般芬芳馥郁，香氣撲鼻，倒是有意無意之中，把日本人表面規規矩矩、內心憤世嫉俗的雙重性格，巧妙地給裝進瓶子裡，變成一個個小小的日本。而這，對於一位不很懂得酒性，又不甚了解日本民情的陌生過客來說，倒如手上那本簡明的旅遊指南，不啻是個不錯的媒介。

所謂清酒，其實就是米酒，不以葡萄為原料，而以米的精純度來釐定酒的質量與等級。如將米的表層雜質（米糠）磨去40%的，精米比率即為60%。四大名釀（吟釀、大吟釀、純米酒、本釀造）八個品種之中的吟釀、純米大吟釀、特別純米酒、特別本釀造等，都是屬於這個級數的清酒。當然精米比率愈高（數字愈小）的，香味便愈濃，酒質也愈清。如只有50%的大吟釀與純米大吟釀，即被視為奢侈的日本酒；而高達70%（僅磨去30%）的純米酒和本釀造，便相對的比較便宜了。

此外，由於釀造與儲藏的方法有所不同，清酒又分普通酒、原酒、生酒、濁酒、生一本酒與古酒等多種。不過原料還是米，衡量酒的品質，也依然以精米比率為依據。

每一瓶清酒，都有一個明晰的標籤。酒的濃淡度、酸度與甘辛度，均由1至6為數值，而酒精的含量，則多在15%至16%之間，即使未經稀釋和過濾的原酒，也不超過20%。因此一些飲慣烈酒的人，會覺得清酒淡而無味，有時就連日本人也難免有此錯覺，以致不覺間飲多了幾杯，弄得醉倒街頭。

精米率較高，味道較香滑細致的吟釀與大吟釀，最好冷飲。盛在半透明的玻璃杯中，薄薄的浮著一層霧氣，已有一份沁人的清涼，及至飲上一口，清香甘暢，就真個是爽神兼而醒胃了！相反，精米率較低，酒質較紮實濃重的純米酒與本釀造，就宜溫飲。攝氏60度左右的溫度，最有利於酒香的散發。特別是在冬天，把厚厚的陶製杯子捧在手中，緩緩地呷上兩口，會如拙作「乾杯」中說的，一股熱流暖洋洋的流通全身，令人無比舒暢。這就是清酒的魅力所在，也是一般葡萄酒所欠奉的東西。

那麼，清酒有沒有可以挑剔的地方呢？這回日本人倒是意外的老實，劈頭那個「清」字，已經不打自招。因為清了，就不免薄，不免寡，也就是前頭所說的淡而無味。你知道，由於飲慣了濃酒，我們常把酒叫作黃湯。顧名思義，不論質還是量，湯都要比酒來得實在，來得豐厚。日本人大概也意識到這一點，於是出了一種濁酒，即在釀製時刻意把米渣留下來，加以壓搾，用我們的話來說，就是把酒變成白湯，這樣飲用起來，就會有點質感，而不再是清淡無物。豈有此理的

是，他們管這種酒叫李白濁酒，難道我們的大詩人會是如此之「濁」嗎？

許多時候，人們都喜歡把酒和女人扯在一起。說起來，清酒倒又真有幾分似日本的女子，不是一飲就醉，一觸即熱，而是嬌柔婉約，情深款款，安於做一個平平淡淡的妻子，而不去做一名轟轟烈烈的情人。然而不知何故，日本的男人寧可要一杯清清淡淡的酒，而不要一個柔柔綿綿的女人。他們晚晚去買醉，完全置老婆於不顧，倘使清酒果能暢銷世界各國的話，則天下的女人，慘哉！

夏威夷的魚和蝦

　　碧水青山，黃沙白浪，藍天彩雲，煦風艷陽，輕歌曼舞，鮮花佳果……夏威夷就像一串閃亮的翡翠，被刻意灑落在太平洋中央，你說她有多美，就有多美！

　　這個由八個島嶼組成，面積大約16,700平方公里的旅遊聖地，度假樂園，於1959年8月21日正式併入美國版圖。但其實從1900年起，她已是美國在遠東地區的戰略前哨和軍事基地，已是美國同亞洲各國交往的海空交通中樞。不過由於人種複雜，印第安人、日本人、菲律賓人、中國人、越南人、韓國人和原住民波利尼亞人，各顯神通，乍地看上去，與其說是美國的一個州，還不如說是東方人一個大雜院，大市廛。而多一個民族的參與，也就意味著多一種文化的融入，其結果必然是令生活益發多彩，於我們老饕來說，就是享有更多的選擇。常常，極普通的一頓飯，也可能是東西夾雜，五味紛陳。這是夏威夷的另外一種美。我們在飽覽山光水色之餘，還應該找個地方坐下來，吃它一頓，好領略一下地主的才情和熱忱。

　　靠山吃山，靠水吃水，來到這裡，自然會想到魚和蝦。而夏威夷的餐館，也確實是以烹製魚蝦見長於世。特色是盤頭鮮麗，香脆兼崇，真正做到色香味俱全，吃了保證你齒頰留香，回味不已。

　　有點意外的是，廣受推崇，被認為是全世界最好吃的蝦，並不是出於金碧輝煌的五星級酒店餐廳，而是來自一個破爛不堪的路邊攤檔！這個檔口的名字叫Giovanni。因為是用

一輛白色貨車充當廚房，大家又叫它做白車蝦。位於Honolulu 83號公路（Kamehamehahwy）北端，距滑水聖地不遠，即在Laie Beach與Sunset Beach之間。但要不是路旁有塊大招牌，真不易找，找到了也不敢相信，地方怎麼會如此簡陋！幾張長桌，幾條板凳，一個帳篷，一輛破車，車身上還被顧客們層層密密、歪歪斜斜簽滿了名字，看上去實在不像樣。然而就是這樣一個破攤子，居然近悅遠來，生意滔滔，致令不少同行見獵心起，「白車」一下子多了好幾輛。老車主怕被魚目混珠，不得不囉嗦一點，在店名下面加上幾個大字：正牌白車蝦（Original White Shrimp Truck）！閣下惠然光臨，請認清門牌才好。

還有一家同樣聞名的蝦店，開在Ala Moana大商場內，是成龍餐館的近鄰。如果不是先吃過白車蝦，這兒的東西可能也算一流。但是我們打算說的，可不是它的蝦，而是餐具，太髒了，好像沒有洗過似的。侍者答應更換，卻等了半天也沒拿來；幾經催促終於來了，誰知竟比原先的更髒！還真是沒想到，一個螺螄攪壞一鍋湯的事，仍會在名店出現！

也是在Ala Moana商場內。一家名叫Mari Posa（Neiman Marcus）的大餐廳，值得特別介紹一下。它的蝦做得有點與眾不同，味道不太重，賣相也較簡單，但入口香甜爽脆，同上述兩家相比，別有風味。如能找個靠欄杆的座位就更妙，居高臨下，眺望著太平洋海灘公園的美景，與至親好友輕輕碰杯，會感到格外溫馨。

Mari Posa好吃的，還有Moi（脆皮）魚和Onaga（薑汁）魚。不過一山還比一山高，同樣的名稱，Alan Wong（黃亞

倫）餐廳的Onaga（薑汁）魚，由於加上了夏威夷果仁，吃起來更覺濃郁甘香，鮮美爽口，堪稱極品！

　　如果是闔家老少齊來，光顧Waikiki的太平洋海灘酒店（Pacific Beach Hotel），也是不錯。一樓的自助餐，二樓的海鮮館，都能讓你一邊觀魚，一邊吃魚。兩層樓高的大魚缸，儲了二十八萬加倫水，足以比媲大型水族館，相當壯觀。不過這兒要介紹的，倒不是魚，而是龍蝦。炮製的手法或許有點保守，但乾淨俐落，能以龍蝦的原汁原味上桌，以比較偏重香濃味重的夏威夷烹調習慣來說，這種做法就顯得十分清新。

　　我們樓宿的鑽石頭文華（Mandarin）酒店，也有四家餐館。其中旗艦店Hoku的生炸大魚，形態生猛，正在熱賣中。而正門旁邊的「東京東京」，其日本料理的味道，一點也不亞於東京的一流名店。特別是隱藏於林木中的Cabana Grill燒烤店，氣氛神祕極了，入夜後點起火炬，放下帳簾，聽海浪拍岸，吃生燒海鮮，飲葡萄美酒，不知多麼羅曼蒂克！唯作為一家五星級的大酒店，它的自助餐就有點令人失望，無論服務也好，肴饌也好，都不算太好。是的，我也不過是個遊客而已，來去匆匆，免不了掛一漏萬，唯有寄望同好們來作更多的探尋和補充了。

粥的傳奇

大概沒有誰不曾吃過粥吧！

記得從前讀「國文」，有曰：「炊之為飯，煮之為粥。」可把我弄得像粥一樣糊塗了。煮者，用火烹物也，而炊，燒煮也，那還不是一碼子的事？倒是對兩個彎弓夾一把米叫做粥，一直不得其解。至後來吃了一碗北方「老兄」做的「稀飯」，心裡才豁然開通，米加多一點水煮稀了，就是粥啦！

粥的命運──不說這個吧，它注定了要被人吃掉的！不過在不同的時空，盛在不同人家的碗裡，它又會有不同的身份和不同的價值。

無米不成炊（煮），米的多寡，決定粥的稀稠與分量，也決定粥所能發揮的作用的大小。在戰亂或「三年災害」的日子裡，稀拉拉的一碗白粥，也被視為彌足珍貴的無上補品。而設若粥煮得愈來愈稀，終於成為只見水不見米時，哀哉，那恐怕不待把它喝完，可憐的主人便可能一命嗚呼了！

然而同樣一碗清清淡淡的粥，擺在肚滿腸肥的富貴人家面前，其使命又全然不同。它成了下一頓豐盛晚宴的前遣部隊，有清腸消滯的功能，用以整拾擁塞的庫存，俾便吐舊納新。

尋常百姓，粥多用作早餐，好為他們新一天的生涯作必要的裝備。一碗清粥，一小盤醬瓜或鹹花生米，常常是北方人每天開門第一件要務。廣東人講究一點，花樣多一點，「白粥

油炸鬼」之外，還有白果粥、及弟粥、艇仔粥、滑雞粥、牛肉粥、海鮮粥……不一而足。

煮粥的方法，北方人也較簡單。有些人索性在上晚留下一些白飯，第二朝用開水一泡，就是一碗清清爽爽的白粥了。想吃得豐富一點也行，在碗裡加些現成的佐料，如紫菜、豬油、醬油、鹽巴之類，它馬上就變了樣。不過此時就不再是粥，而是一碗鹹泡飯了。

在這方面，廣東人同樣另有蹊徑。我們索性就不叫煮，也不叫燒，而叫煲。煲的竅門在於明火，即火頭旺而不間歇，煲時也不必攪動，任由它滾，這樣煲出來的粥才夠綿滑。所以上好的粥品店，都標明「明火白粥」，以作招徠。可惜這樣有水準的粥，已不多見。日前我們在一家港式西餐廳叫了一碗魚片粥，一看就知道是取巧，是濫竽充數，那不是粥，而是稍作加工的泡飯，就是把冷飯用絞絆機打爛，再用微波爐一「叮」了事。

因為粥是稀飯，不耐飽，所以通常不用作正餐。但除了作早餐之外，用來宵夜也是不錯。過去香港有家叫一品香的上海館子，晚上有清粥供應，因而成為夜遊人的「蒲點」，一如時下一些台式的清粥店，生意不錯呢。

前些年有幾個香港人，不知是豪情萬丈，還是異想天開，當他們從樓市、股市中搶到第二桶金子時，居然以華貴的「中國會館」與典雅的半島酒店嘉麟樓為藍本，開了幾家大大的粥品店，一下子把粥捧至前所未有的高度，什麼鮑魚粥、魚翅粥、燕窩粥都端了出來，以為加重了餌，不是以蚓投魚，而是以金絲結網，一定會從中再撈一桶金子。豈料香港人是何等人也，再貴的粥也不過是粥，既不夠豐厚濃郁，更不夠輝煌奪

目，如何能教他們看得上眼？加上時乖運蹇，股市暴瀉，樓房
霎時成了負資產，客人都返回家去吃白粥，粥品店一時門可羅
雀，唯有關門大吉，也搬回家去再煮它的鹹蛋粥了。

　　沒有想到吧，平淡無奇的一碗粥，也有它一段不平凡的
傳奇！

雲吞麵的傳說

無酒安能邀月飲

有錢最好食雲吞

年初回香港，看見一家食肆門前有副對聯，一面覺得蠻有意思，一面又想雲吞而已，能值幾文！自言自語之間就踱了進去，實行吞雲吐霧一番。

雲吞原名餛飩，本是湖南省一種民間小吃，後來經過商人與上京赴試的書生輾轉相傳，先由南至北，再自北返南，終於來到廣東省。先觀其形，再試其味，「鬼馬」的「廣府」人給它改用兩個更富詩意的字眼——雲吞。

北方有一首叫「賣餛飩」的老歌，甚為流行，上世紀六十年代由香港名歌星徐小鳳再加以演繹，更是美妙絕倫，彷彿邊唱邊垂涎，不知多麼好滋味，令聞者不由食指大動。

賣雲吞的店家，均以皮薄餡鮮為號召。材料總不離鮮蝦和瘦肉，分別在於能否凸顯味道的鮮美與肉質的層次感。其中湯底之如何熬煮，尤為講究，甚至可能各有祕方，不過大抵都是以豬骨頭、大地魚、蝦子為主，再配上一些特別的當地時鮮，務求做到香濃而味鮮，以增食慾，以廣招徠。

能教縉紳巨賈、高官名流紆尊降貴，專程上門吃他一碗，一半功勞應歸於麵的參與。廣東出產的細小麵條，為雲吞注進了新血，讓它具有全新的生命力，才成為今日這樣一道名聞遐邇的南方名吃的。

中國人早在漢代就會做麵了，經過兩千多年的交流和發展，麵條在各地開花結果，已成為不少地方的主要食糧之一。

麵的種類甚多，由於要求不一，食法各異，各國、各地均有自己的風格。如手拉麵、刀削麵、機製麵、粗麵、幼麵、圓麵、扁麵等，各有特色。但總括來說，大多是較為粗糙的水麵，柔軟而滑口，不大有質感。只有廣東的全蛋麵，自成一格，不但幼如絲，滑如脂，而且爽中帶勁，軟而彈齒，多吃也不膩，再配以新鮮雲吞，和味靚湯，擺明就是一道別有風味的美食了。

廣東雲吞麵的全盛期，大約是在抗戰勝利後的一、二十年之間。由於物競天擇，比拼下來的結果，何（洪記）、陳（釗記）、麥（池記）、區（榮記）各領風騷，成為名噪一時的四大家族。後來香港的名店麥奀記與新釗記，相信一定是麥、陳兩家的後繼之秀了。

而於六十年代自廣州遷店澳門的黃枝記，則直接以銀絲細麵與蝦子清湯為招徠，同時由於兩次在葡國總統面前表演竹升打麵的技法，名聲鵲起，最終也成為雲吞麵大家族中的一員，或者說是另類。如今港澳兩地黃枝記的掌門者，已經是第三代傳人了，聽說依然未忘祖宗的遺訓，不但秉承了竹升打麵的古法，並精益求精，繼續努力弘揚麵文化。

切勿以為雲吞麵而已，怎樣把雲吞做得更可口，固需講究，如何把麵粉變成麵條，其間的開麵塘、搓粉、成團、坐升、車麵等功夫，尤其是學問。一碗看來並不華美的雲吞麵，滿盛著歷史與智慧，用心去吃，說不定會吃出一肚子文化哩！

燒鴨與烤鴨

　　六畜之中，鴨僅次於雞，排行第二，一直是農村主要產業之一，也是最能讓人發揮創意的美食資源之一。電影「養鴨人家」為鴨刊碑立石，名店「全聚德」把鴨供上美食殿堂，可不是唬的。全鴨席一出，雞豬牛羊諸牲畜都得迴避，只有鴨能獨當一面，可以一次過為我們提供一桌豐盈味美的饗宴。

　　香酥鴨、沙茶鴨、八寶鴨、滷水鴨、鹽水鴨、窩燒鴨、醬鴨、熏鴨、臘鴨、板鴨……各具特色，各有風味，不論宴客自用，皆為上選的佳餚。偶爾懶得動杓，或者來了朋友，需要「斬料」，那麼燒鴨半隻，油菜一碟，外加啤酒兩瓶，便是蠻不錯的一頓了。

　　我吃過許多種不同烹法的鴨，也許因為是廣東人的緣故，總覺得廣式的燒鴨最夠味道。不過我對鴨的認識卻不多，村裡也沒有人養鴨。由於少小離家，對故鄉印象最深也最留戀的，只有村前那條河。那是一條善變的河，在潮水退下之後，會縮河成溪，流水清澈，游魚可見，是村童樂水的好去處。我就是在那兒學會游泳的。但是潮水一來，很快又變成汪洋一片，聽說祖先的「金山船」，曾經不只一次直接由外洋開進來，從而使小村漸漸成為著名的僑鄉。可是沒想到，多年後假期還鄉，久駐胸臆的大河，竟然成了骯髒不堪的養鴨場，滿江滿川的鴨，把水攪得渾濁如漿，不只不宜游泳，甚至連村民日常的用水都成了問題了！

養鴨原來還有這麼個弊端！這當然不盡是鴨的責任，只怪鴨的肥油蒙蔽了村幹部的眼，令他們看不見那片大好的江河了！

更想不到的是，辛辛苦苦學會一套烹鴨的技法，以為來到美國可以大展鴻圖，大賺美鈔，誰知老美對鴨全無好感，除了兩片鴨胸肉，還一定要法式烹調才可以上桌外，鴨的其餘部份，見了都怕。莫可奈何，到頭來吃燒鴨的，還是只有我們幾個廣東人！

這還不算，美國人非但不吃燒鴨，還對燒鴨諸多留難。想必是給牠改壞了名啦，原來鴨和我們一樣，也有藝名和筆名，故此燒鴨又叫火鴨和掛爐鴨。可你這鴨是怎麼回事呢？既不在火中，又不在爐裡，要冷不冷，要熱不熱，整天就這麼沒遮沒攔的掛著，能吃嗎？燒好了掛出來賣，尚且情有可言，燒之前那幾個用來風乾的鐘點，說破嘴皮老美也是聽不進去，也不知道打了多少場官司，費了多少唇舌，才勉強讓我們姑且掛著。

烤鴨的命運好多了，由於冠上了北京的大名，簡直可以橫著走，連香甜嫩滑的南京鹽水鴨，也給擠了出去。但是講到物盡其用，又差得遠矣。我們吃燒鴨，由鴨頭至鴨屁股，幾乎可以悉數全收，吃它個片甲不留。可你這烤鴨呢，人家瞧得上的，就只有那薄薄的一張皮，早已淪為頭檔，任你填也好塞也好，根本不成大器。所以廣東人乾脆管牠叫片皮鴨，和本是一家的兄弟劃清界線，免得燒、烤混淆。

大大的一隻鴨，只吃小小幾片皮，有多可惜！豈料更糟的還在後頭，現在有些人竟連鴨皮也不敢吃了，原因是動物的

皮乃高膽固醇者五大戒條之一，不可不小心。你們說啦，如此紅亮潤澤、皮脆肉滑的烤鴨，教牠以後如何是好！

其實，老美無知而已。要知道，燒鴨在風乾之前，需先行塗料上皮，這樣做除了令鴨更加鮮美可口之外，同時還有保鮮作用，使鴨質在一定時間內不會變壞。至於烤鴨，那就更玄，講出來相信老美只有瞪眼的份兒。需知烤鴨的吃法，應是鴨皮加大蒜，再加甜醬，然後用烙餅包之。是的，鴨皮不錯是肥了一點，但大蒜剛好把那油膩給劈了；大蒜無疑也是辛辣了一點，但甜醬又剛好把那怪味給蓋了；而烙餅，那該是一張剛剛烙好的薄餅，柔軟而溫香，這樣湊合起來，才是一件足堪回味的烤鴨。不必吃飯，來一碗小米粥，便是無以上之。問題是，這裡並無北京填鴨供應，為了應市，只好以廣東燒鴨充數；同時，也不知是誰自作聰明，覺得烙餅不大對廣東人的胃口，就以白麵粉做的甜餅頂替，結果大有來頭的北京烤鴨，就這樣變成了甜不辣不知何味了！

看來跟鹽水鴨一樣，燒鴨和烤鴨也是苦命鴨！

說雞

雞，在我們中國人的餐桌上，常常要比山珍海味更受歡迎。雞代表希望，代表富有，代表吉祥，代表美好和健康。拜神祈福，無雞不成事，而要感恩酬謝，捉隻雞來就倍顯恭敬有禮。俗話也說，雞髀打人牙較軟。因而事無大小，也不分紅白，更不論孝敬的是城隍爺還是五臟廟，一律雞到事成，無往不利。

母雞溫順，公雞盡責，樣子又可愛，本來就是家禽中最討人喜歡的一種。特別是，雞的肉質平和鮮美，照中醫的說法，就是清而不寡，甜而不膩，補而不燥，可以令人久食不厭。

或者還應該加一句，雞之所以廣受好評，主要的，是由於我們格外善吃。普天之下，就沒有哪一個國家的民眾，能比中國人更懂得在雞上打主意。由皇宮御膳到路邊攤檔，自名店大廚至僻鄉村姑，蒸之、燉之、炒之、炸之、燜之、焗之……哪裡少得了雞，又誰個不會殺雞烹雞呢？

而且不論貧富童叟，雞幾乎可以令每一個人受惠，無一落空。家慈的雞髀教子法，就為她省卻了不少唇舌，而作為兒子的我，雖然並未因此而成材，至少是在雞髀的鞭策之下成長了。承先啟後，我也依樣畫葫蘆，以雞髀為教鞭。時至今日，孩子們提起香港海運大廈美心餐廳的大雞髀，依然回味無窮。而那些曾經教孩子們雀躍的雞髀，相信對後來締造美心飲食王國一定不無裨助吧！

　　雞還可以為名人留名，或者名人要為他的雞立萬也說不定。如貴妃雞、左宗棠雞、大千雞、叫化雞等等，都是在人雞共鳴中揚名千古的。最近洛杉磯有家港式酒家，還以源於上海的貴妃雞做招牌，請肥美嫩滑的油雞與意會中豐盈飽滿的貴妃娘娘一同上桌，讓顧客們盡情享用而大收旺市之效。

　　當然，這些名人名雞也非浪得虛名。據說左宗棠領軍作戰而每能旗開得勝，靠的就是他的左宗棠雞。此雞盡顯湖南佳餚的特色，味道辛辣，感覺醇厚，並有驅寒旺血的功效，將士們吃了，就好比服用了催情劑，會驟然血氣賁張，唬唬如猛龍。

　　我們華僑來到美國，多以餐館為生，雞也幫了不少忙。磨菇雞片曾經是美國人心中的美食，享譽了數十年。而後來的宮保雞，更不得了，因為人人愛吃，搶走了不少快餐集團的生意，以致招惹了一場又一場專門針對中國餐館的風波。

　　其實宮保雞只是一道經過改良的美式川菜，在不少國人心目中並不以為然。不過事實告訴我們，一道成功的好菜，不在名目，而在於是否為大多數人所接受。在這裡，靈活配搭與適時變通，往往要比墨守成規強求「正宗」更容易走上成功之路。例如白斬雞，曾深為廣府人所喜愛，可是只有八成熟，還須經過冷水沖洗，自從經歷過禽流感之後，誰還敢吃？拜過神的雞，僵硬冰冷，難以引起食慾，同樣乏人問津。然而不論生的還是冷的，一經斬件，再以薑蔥油鹽稍加爆炒，便立時鑊氣沖天，香味四溢，變成一盤令人不禁食指大動的「霸王雞」了。

　　七十年代賣到街知巷聞的香港醉瓊樓東江鹽焗雞，實際上也是個變通的做法，而不是真的以鹽灶焗出來的。時下大受歡迎的吊燒雞、茶皇雞之類，只怕也是廚師們在工作中觸類旁通，偶有所得，而得以脫穎而出罷！事實上，時間、地點、條

件、人材是相互因果的，一道名菜的出現，不一定是大廚名師挖空心思的結果，而可能是偶然間來自一位無名廚娘的頓悟。比如大名鼎鼎的左宗棠雞，就是出於左宗棠夫人之手，而不是甚麼大師的傑作。

雞的吃法千百種，唯鹽焗雞最是滋味。醉瓊樓已不存在，取而代之的是泉章居。兩者的出品不相上下，都不是最好，但如果你還沒有找到更好的，它就是頂好的了。我每次回港必定上去一兩次。今回卻例外，因為終於給我找到最好的了。

相當意外，在香港元朗附近一家不常來往的親戚家裡。一心以為去吃盆菜，不想令人眼睛一亮的，卻是一碗色澤金黃、香氣撲鼻的雞，主人說就是鹽焗雞。顯然還有點鄉下人的本色，樸質無華，雞就是雞，斬好就盛在大碗裡，不擺盤頭，更不作任何裝飾。不過這樣一來，倒更凸顯了此雞與眾不同的色和味。我不知道該怎樣形容，只顧得一邊吃，一邊與太太異口同聲的喃喃著：「好味！好味！」不覺間就吃掉了大半，然後意猶未盡的說：「從來沒有吃過這麼多雞！從來沒有吃過這麼好味的雞！」的的確確，雞質柔軟細滑，雞味雋永深遠，即是說，那味是內斂的，淳厚的，而不是虛假的，嬌薄的。問主人：「哪裡買的？」他得意的說：「三嫂做的！村裡的人都說好吃，有喜事總要請她做幾隻！」這回是大跌眼鏡了！一位沉默寡言、模樣樸素的小婦人，就站在我們身邊，聽見提及她，也僅露齒一笑，並未因為家翁的誇讚而過份喜形於色。想起來以前好像見過面，只是印象不深。這大概就叫深藏不露吧？或者應當說，我們是有眼不識泰山了！不過據了解，他們家裡也沒有鹽灶，她在哪裡學會焗雞，更無人知

曉。我猜想，她的做法可能是介乎於鹽焗雞與叫化雞之間的另類妙法吧。

　　是的，味覺是很個人的；或者還有更好吃的，有待我們進一步去尋找。

十月蟹正肥

　　著名的江蘇陽澄湖和太湖大閘蟹，別名毛蟹，蟄伏了一年之後，又回來了。這些被視為橫行霸道、凌空而來的八腳君子，到底如何來辨別牠們的真偽好壞呢？毫無例外地，隨著金風的吹送，又一次成為我們的話題。

　　上海人說：「九月圓箕十月尖。」農曆九月份的母蟹，以其處女之身登場，就像初入人世的新歸娘，剛好成熟飽滿，其膏紅中帶黃，其肉甜中帶鮮，看起來明艷鮮麗，吃起來軟滑適中，正是嚐新的好時候。相反，公蟹毛翼未豐，彷如強扭的瓜，青澀之味猶存，啖之就顯然還不是時候了。不過人間一個月，蟹中已十年，到了十月，小公蟹驟然間就成熟了許多，如果底部明顯呈現白中帶紅的艷色，即是上品。母蟹亦然，此時也當更加豐盈，如果掩與蓋之間顯得飽滿充溢，大有突圍而出的爆破之勢的話，你就開懷「拆」之好了。

　　然而這個年頭，幾乎沒有一樣東西沒有假貨，大閘蟹又豈能幸免！最常見的手法是，以塘蟹冒充湖蟹，以次貨充當正貨。

　　湖與塘，有如江與河，是有所不同的。而湖之中，又以陽澄湖所產之蟹最為有名，一若大江之中，以長江所出的桂花魚最是鮮美一樣。

　　那麼陽澄湖和太湖的大閘蟹究竟有何特徵呢？亞爺教下來的鑑別方法是：金爪、金毛、白肚子。不過到了今天，這個古法恐怕已經不再靈光。連東方姑娘的黑髮都可以染成金

色，黑人的皮膚也能漂得白白淨淨，小小的一隻螃蟹，化個小妝又有何難！根據老饕們的經驗，從以下兩點著眼，可能比較可靠。第一是看蟹背，要是凸凹程度強烈顯著，並且青綠油亮，用水潑之水珠四濺而不積聚的，就是湖蟹；第二是看蟹螯的毛，要是長得不清不順，亂糟糟似一團雜草，並且藏滿污泥，輕輕一洗便弄髒一盆清水的，就是塘蟹了。

這兩年，業者為了給顧客一點安全感，稍為做了點功夫。去年是用鐳射、激光做標籤，今載則設計了防偽指環。但聽說都不過是噱頭而已，你只需花五毛錢，任何來路的蟹都可以給牠戴上一隻。所以購買時主要還是得靠自己的眼光。多數人太注重蟹的規格，什麼九兩、六兩、四兩的，倒是不必，只要拿起來感到重手，用手指重壓蟹腹蟹腿又覺得紮實硬錚的話，便是不錯，大小同樣美味可口的。

蟹的品種繁多，除了陽澄湖、太湖大閘蟹之外，還有各江各河出產的肉蟹、膏蟹、石蟹、青蟹、花蟹……而烹蟹的方法，尤是五花八門，如蘇浙人有醉蟹，潮州人有鹹蟹，香港人有薑蔥蟹、椒鹽蟹、避風塘蟹乃至年糕炒蟹等等。不過老實說，任何花巧也不外是錦上添花罷了，其實蟹本身就鮮美無比，只需用清水蒸熟，已是甘腴清甜。唯湖蟹性帶寒削，蒸時宜加點薑蔥，食時再根據各人的口味，佐以適量薑末與糖醋，特別是鎮江醋，便是最佳的吃法。至於香港人常吃的澳門海蟹，則性帶澀熱，如果也是清蒸的話，就無需薑醋，只要弄點油鹽便可。當然吃蟹不可無酒。那麼吃江蘇大閘蟹時配壺紹興酒，吃粵澳肉蟹時則來瓶冰凍啤酒，便是最佳的享受了！

龍蝦三味

　　龍是中國人的圖騰。

　　龍代表勇敢，代表威猛，代表高強，上可飛天，下能入水，有興風作浪與翻雲覆雨的本領。但是龍總不能大過天吧？只有一樣東西比天更大，就是吃。古人說：「民以食為天！」所以龍再了不起，最終還是要成為鍋中之物，至少是人們意識中的鍋中物。「你當是龍肉呀！」、「好吃過龍肉嗎？」儘管誰也沒有吃過，大家還是認定龍肉最好吃。

　　畫梅止渴，找不到龍，就拿蛇頂替，來個蛇雞一鍋，巧稱龍鳳配，你說阿Q就阿Q！

　　其實，龍也不是沒有蹤跡可尋，在牠的家鄉大海裡，有一種小動物，很可能是龍的化身。那就是龍蝦，既同姓，又神似，說不定就是龍的小祖宗。

　　龍蝦在未曾遭逢不測之前，是何等的威武！穿一身綠袍，把一對大角高高的翹起，昂昂然簡直就是一條所向無敵的小青龍。萬一未能一手把牠擒拿，倒過來讓牠先下手為強，老天爺，屆時「龍騰虎躍」的恐怕就不是牠，而是尊駕閣下了！

　　即使不幸成為俎上物，盤中餐，也不是輕易任由擺佈的。你有沒有屠龍烹鳳的真本事？有沒有剝皮拆骨的狠心腸？無論如何，牠一定頑抗到底，至死仍然憤憤不平，以致氣得血脈賁張，遍體通紅，活像一條憤怒的火龍。

　　「家裡的」對之束手無策，未有足夠火候的小師傅也難有出色的表現。那麼什麼人才有本領把這條小龍弄得妥妥貼貼

呢？可謂一樣的米麵，各人的手段。老外的大師、名廚皆有他們的一套，但入口的終歸不過是一股濃濃的牛油味，總有喧賓奪主之嫌，還不如日本人的「刺身」，味雖寡，尚不失龍蝦應有的鮮。

可以說，無論澳州龍蝦也好，波士頓龍蝦也好，都不是中國貨，可是如何炮製龍蝦，把龍蝦燒得更精彩一點，還是我們Chinese最有辦法！

一龍生九種，我們烹龍蝦的方法卻不只九種，不過手段倒簡單，只一個字——調！

美食有點像女人，而廚師就好比美容師。你說張敞的老婆不夠動人嗎？不是，只是還差那麼一點點的媚耳，待眉筆一勾，說也奇怪，媚態馬上就出來了！龍蝦也一樣，不是不夠甜，牠獨特的肉質本來就鮮美無比，所欠的，也許就是那麼一點點的「味道兒」，然而一經大師傅烹調，「味道兒」也就撲鼻而來了。

一般認為，薑蔥最能「調」起龍蝦的鮮味。這是最傳統的作法，卻不一定是最好的吃法。最近洛杉磯的半島酒家，即以多種口味為招徠，如長白山人參蒸龍蝦、藥膳蒸龍蝦、金銀蒜蒸龍蝦、法式焗龍蝦、XO魚鬆焗龍蝦……為了趕上「韓潮」，甚至巧立名目，端出「大長今龍蝦爐」，而且居然各具風味，足以讓你大快朵頤。不過若問古冬最喜歡哪種吃法，哪一家的師傅做來最得法，那麼我告訴你，去羅蘭崗的半溪魚村試試啦！

半溪沒有太多的花巧。龍蝦的頭、爪較硬，需出動「五爪金龍」，宜乾爽，就多用「避風塘」手法烹之。如果想吃得鬆脆一點，味道更濃重一點，則「特色」龍蝦就真個別具特

色，因為加進了蔥頭、辣椒和他們特別調配的醬汁，定能令你吃得滿口生香，回味無窮。

最「正」是炒球。由於火候、刀章、配搭恰到好處，擺出來就像一盤雅緻的白菊；及至入口，則清甜、爽滑、香軟兼而備之，也就是說，色香味俱佳，保證滿意。不錯，每家餐館都有它的拿手菜式，正所謂各施各法，各擅勝場，只要能夠贏得客官的歡喜，就是好的。

妙不可言薑蔥蒜

到了今天，仍然有人不分皂白，視中國菜如薯條，把辣椒醬當茄醬，隨手拿起瓶子就往上面倒，你就是給他來碗冰花燉蛋，恐怕也要下了醬油或胡椒才吃。卻也難怪，習慣成自然，人家從來就是這個吃法，也從來不覺得有何不妥，怎麼你們的Chinese Food偏偏就不同了呢？

任是想不到，區區一點調味醬，也會令人大出洋相！

但其實，肯嘗新就很好，「失禮」一兩次又何妨！我們去吃外國餐，不也常常如老鼠咬龜無從下手嗎！好比吃魚生，你可曾把Wasabi與醬油拌和了來用，吃冷麵和天婦羅，又能即時分辨得出該配哪碗醬油嗎？還有吃完冷麵之後端上來的那碗黃湯，原是煮過麵的水，簡直像餿水，但人家就能把它變成一碗又好味又富營養的濃湯，你會嗎？

不獨吃外國餐可能「失禮」，吃本國餐何嘗不然！中國菜是何等的浩繁複雜，不說見所未見、聞所未聞的了，即便是常吃的，也不見得就都懂。比如鮑參翅肚之中的魚翅，可謂逢「飲」必備的了，可是許多人就不知道，隨之而來的那小半碗紅醋究作何用呢？侍應告訴我們，用上一點點，吃起來味道會更鮮美一點。殊不知，這傢伙在倒老闆的米呢！他告訴我們，他們酒家所用的魚翅並不是上等貨，烹調的技術更加不行，需要借助紅醋來加以提鮮和闢腥。原來上好的魚翅用上湯（以瘦肉、老雞、瑤柱、火腿等作料）熬好後，燴上配料（如銀芽之類）即可享用，最好則將魚翅與湯水分開來上

桌，連配料也免了，而根本無需再加紅醋的。情形就像我們吃壽司，這東西在製作時已下足了料，你還要加Wasabi，此舉要是讓自大又固執的日本師傅看見了，還不當你是鄉巴佬，或者認為你小看了他的本領了！

所以，偶然見人用錯了調味醬，請勿訕笑。你想，就憑那麼一點點毫不起眼的東西，能教人吃出難以言宣的美味，該是多麼奇妙！例如白切雞配薑蔥，鹽焗雞配砂薑，炸子雞配椒鹽；或者燜羊肉用腐乳，涮羊肉用麻醬，爆羊肉用蔥段，等等，都可以說是既簡單又神奇，既尋常又經典的吃法，然而要不是前人早就這麼吃了，你會想得出這樣的配搭嗎？當然，由於各人的飲食習慣與口味有所不同，又不能一口咬定非如此就不好吃，或不正宗。好像吃燒肉，「斬料」時店家例必附送海鮮醬一小盒，我就不領這個情，覺得用海鮮醬遠不如用芥辣來得香頭可口。也就是說，調味這東西，正如「調」字的本義一樣，是動的，活的，只要能為菜餚加分，就是做對了。

有時還不僅止於調味而已，當你發覺箇中的某一些玄妙，相信還會為之擊節。記得早前曾經介紹過吃北京烤鴨要配大蒜，吃江蘇大閘蟹要配薑末和鎮江醋，那裡面就不知道蘊蓄了多少前輩的經驗和心血，因為這些配料不但可以提味，還有制衡壞膽固醇與祛除寒削的藥效。

也不僅僅中餐需要調味而已，外國餐也一樣。試想越南餐不用魚露和香草，泰國餐不用香茅或咖哩，會燒出個什麼樣子呢？常常，大師們別出心裁，令人吃出驚喜，靠的很可能就是那一點點你意想不到的小東西。

妙絕的禮品
——月餅

又到中秋了，就是說，又是送禮的時候了。

儘管人們已淡忘了嫦娥，一年一度的中秋月餅，還是愈賣愈貴。

月餅是餅食業的支柱，聽說好景的時候，一個八月十五，可以為商家賺足半年的皮費。但是，一來現代人吃東西太挑剔，二來人家早已看清了月亮的真貌，你還在「阿茂整餅」，即使不算太老土，至少也是有點背時了吧！然而一如往年，早在一個多月前，月餅便披著嫦娥的彩裝，熱鬧登場。

五千年文化，尤其是國人妙不可言的送禮手法，不斷為月餅灌進新的生命力。

的確，經過改良，在一些糕餅店或超市，除了傳統月餅之外，可能還有冰皮月餅、雪糕月餅、生果月餅……相信總有一款適合尊駕的口味。不過說老實話，買月餅的人雖然不少，吃月餅的人卻不多見。一盒名貴月餅，說不定會被轉送好幾戶人家，最後還要勞動大口仔（垃圾桶），才得以善終。

多數人買月餅，只是為了應節，或者為了送禮，好吃與否倒不大成問題。畢竟，中秋節是故國最大的節日之一，是古老文化的組成部份，怎麼說也得傳承下去。特別是，一年才一次，機會難逢，怎麼可以輕易放過！

中秋節與其他節日不同，就是由於它具有這種僅可意會、不可言宣的特殊利用價值。你知道，社會風氣不好，做什

麼都要講交情，拉關係，人生的一起一落，常常就看你臨陣前識不識做。比如曾經受人恩惠，或即將有求於人，而又不便明目張膽，公然行賄的話，便需假節日之名，送禮之便，巧妙地「意思」一下。明白點說，要升官發財，就如弈棋，必先把握要著，才有勝出可能。於是，月餅可以由五元一個，賣至五十元、五百元乃至五千元一個。皮薄餡靚不在話下，關鍵在於餡的輕重。什麼蘇式廣式，五仁蓮蓉，留著自用吧！送禮嘛，鮑魚燕窩，黃金寶石，瞧著辦啦！

　　古人一定料不到，月餅的內裡乾坤，會變得如此神妙！

· 輯四 ·

秀色可餐

波霸奶茶與美女

　　在你啜飲著甜甜的奶茶，咀嚼著軟軟的小粉球時，大概怎麼也想不到，這會與女人的性徵有關吧？原來這款頗有點鄉土風味的飲品「珍珠奶茶」，因為一位名女人的介入而聲名鵲起，變成無人不曉的「波霸奶茶」了。

　　「波霸」既不是真名，也不是藝名，而是電影公司一個生意噱頭，誰知道一叫開來，可不得了，連美國一份雜誌都把她列為最具魅力的女人之一，原因是有一位香港美國公司的職員，被她迷得神魂顛倒，忘其所以，不惜以身試法，虧空公款，而致鋃鐺入獄。

　　香港人鬼馬，把女人的乳房巧稱為「波」（球），而「霸」，顯然就是無敵的意思。至於何以拿小小的粉球比作大大的「波」，則已無從稽考，相信除指形似之外，還形容其綿軟如脂、細膩柔滑的質感。於是不言而喻：這個女人的胸部……而在她之前，大家只知道太真之乳舉世無雙，人家是四大美人之首，也未敢稱王稱霸，可見「波霸」之霸道了！

　　男人就愛給女人做文章，隨「波」而下，便到「籮」，即那個又肥又圓的臀部。也許在某些男人眼裡，女人這兩處地方最為迷人。不過迷戀「波霸」那位先生，一定沒有見過「大蛇屙尿」，既然任職美國公司，很應該到美國來觀光觀光，這兒不僅盛產「巨無霸」，更產大「籮」，真正是「波籮」滿街，夠他瞧的，待眼光開闊了，便不再那麼執迷不悟，孟浪顢頇了。

中國人向來不尚「波籮」，可能是由於產量不豐的緣故。我們的女子多是清清秀秀、苗苗條條的。古代的騷人雅士，沒有誰曾經為挺胸突臀的「大哺乳動物」唱詠吟哦。白居易讚美楊貴妃，也是從她的眸子著墨的。那麼「波霸」又怎麼會忽然「突圍」而出呢？無它，物以稀為貴耳。正如上述那位先生，見慣了瘦削平扁的「擦衣板」、「飛機場」，一旦遇上一個豐腴肥美的大「肉彈」，焉能不驚為天人，當堂為之傾倒！

但其實，大並不等於美，我們看見西、非裔婦人滿頭大汗的走過，只會為她們感到難受，覺得那種肥大簡直是吃力的累贅。

當然，「波霸」之能迷人，也不盡靠噱頭而已。男人們心中有數，打從有了三級電影之後，中外美女「峰峰競秀」，見的還少嗎？然而就是沒有幾個女人能像她一般，脫而不露，好似畫家留白，藝術地給人們留下了想像的空間，不讓你有看完的感覺。說穿了倒可能令人失望，就是由於她一直有所保留，不肯露「點」，卻不想就憑著那一片薄薄的布條，居然把觀眾的胃口都吊了起來，以至不論手段抑或調門，都比其他脫星明顯的「超越」了，因而也更「高格」了。

必須聲明，我們公然講「波」，絕非好色，有之也是好而不淫；更非「鹹濕」，有之也是鹹而不失其正。大家欣賞女性的美，有如欣賞詩與畫，是在追求健康自然的美感，與色情狂者「睇波」截然不同。反之，「不知子之姣者，無目者也！」

雖說美是一種主觀的看法，但也不是沒有標尺可量的；雖說「波霸」要了點手段，但成功最後還是要靠自身的條件的。比例即是其中重要的一環。大美人維納斯與蒙娜麗莎，便

是箇中的典型與規範。這是神學家迪波可與科學家兼畫家達文西兩位大師，共同對希臘羅馬的建築、雕塑以及種種人物進行了長期仔細的觀察和分析之後，終於歸納出來的一套美的黃金分割標準，也就是美的祕密。原來所謂美人者，不但身材、臉型需要合符一定的比例，連五官的大小、厚薄與距離，皆不可偏離特定的尺寸。如鼻頭的寬度是否等於兩眼的距離，而這個距離又是否相當於眼睛的寬度等等。於是我們不禁懷疑，「波霸」之所以動人，焉知不是其來自有，被男人解讀了她的「美的密碼」了？

不知道我們欣賞文君之眉、鶯鶯之目、樊青之嘴是否基於同一個標準。不過我相信，人們喜歡「波霸」，還可能因為她是中國人，她有美好的笑容和明亮的眼睛。雖然未必可與鶯鶯相比，但較之西方女人的混沌渾濁、朦朧不清，她的眸子就顯得格外透亮。

是的，白人中有一種藍色的眼睛，明澄如洗，像兩顆晶瑩的寶石，也是美得醉人。只是可惜，那色總是藍得太深，直似兩口無底的深洞，看著看著，可能令人心悸。

還有華麗一般的秀髮，烏黑溜亮，鬆鬆的迎風一吹，有如一朵浮雲輕飄，也很可愛。

反觀西方女人之頂，不是鶴髮，便是枯枯黃黃的像堆乾草，有什麼看頭！

最迷人是一身冰肌玉骨，水姿柳態，想想也覺得涼意沁人，豈是西方女人臃腫的「波籮」所能比擬的！

看來，五分炙熱，加上五分清涼，說不定才是「波霸」征服男人最有力的伎倆。

如今女人流行纖身，一個個給弄得骨瘦如柴，乾巴巴沒有一點柔潤感，連乳房也乾癟得只剩下兩粒變不成「波」的小黑珠，捏也捏不起來，簡直在自我作蹋，自我摧殘，真是罪過！

蝦餃與女人

　　上茶樓飲茶，無需考慮，總會首先來一籠蝦餃。在廣式茶市中，別的東西可以或缺，這個肌質晶瑩、嬌紅欲滴的小主角，就一定不能欺場。

　　蝦餃做得好不好，首觀賣相，再論口感。筆者早年曾經給香港六國酒店的蝦餃寫下這麼一句話：「觀之如美人香腮，白裡透紅，啖之如奇果入口，清甜爽脆。會弄是技術，弄得與眾不同超人一等則是藝術了。」可以說，每一位點心師傅都有一定的技術，差別是，有些人能自出機杼，力求精益求精，有些人卻只懂得依樣畫葫蘆，永遠以師父的「法寶」為圭臬。

　　我們還是以女人的面孔為喻吧，是看起來面青唇白，蔫蔫乎有如一名滿臉病容的寡婦，還是色艷桃李，嬌滴滴好比一位眉目生春的少女呢？這就完全視乎師傅的造詣了。其間澄麵生粉的多寡，絞絆成團的手法，鮮蝦筍肉的選擇，佐料味道的配合，乃至烹調時間的操控等等，皆各有訣竅和師承。起碼的要求是：一、皮要通透，既不可黏底，又不能白得像藝妓的臉膛；二、餡要鮮爽，不宜過熟，避免蝦肉紅得像猴子的屁股；也許還有三，就是要求食客把握時間，趁熱就吃，莫待皮乾了，肉餡冷硬了，那時再好的師傅也是白蹧了。

　　由於蝦餃具有代表性，幾乎所有茶樓都做得不錯。連日本的旋轉飲茶都頗有水準。尤其是東京迪士尼酒店餐廳的小蝦餃，深為遊客喜愛。不過值得注意的是，它的成功並不在於模

仿，而是來自形態的改良──一樣的材料，不一樣的包法，看上去極像一個小蒸餃，玲瓏剔透，鮮活誘人，一見你就會心動。

請不要挑剔「改良」這詞兒。變了個樣子不就是改了？改得來更受歡迎不就是進步了？倒是要問問我們自己，有沒有想過也來改一改。當然不是非得改個做法才算改。像早前洛杉磯漢宮酒樓的蝦餃，表面上看不出有何不同，可是一入口，那種飽滿與甘香，總能給你一點意外的驚喜。

蝦餃的大小，大約相當於半個長形壽司，即以一口一個為宜，過大就不好。你看日本人的吃相多麼難看，一邊劈大口把壽司往裡塞，一邊又要騰出一隻手來托住下巴，生怕嚥不下去會掉下來──我是想說，做得好的就不必改，免得過猶不及。像日前我們在某茶樓叫的一籠「蝦餃皇」，大則大矣，無奈咱家老娘並非大口墨，而只得一張櫻桃小嘴（！）不得已把大蝦餃掰開來，偏偏師傅的功夫又不到家，結果弄得皮破肉爛，散滿一盤，教人好不狼狽！

差幸由此而衍生出來的一些大而能化的新品種，倒值得喝彩，如三鮮餃、蘆薈餃等等。特別是海港酒樓的鳳眼餃，儘管不再叫蝦餃，但基本上還是在蝦餃的基礎上，加以變化改造，增添充實，然後成為眼前這樣一件更好看、更好吃的美點的。觀其形，悟其意，品其味，恍惚之間，你會覺得腦後好像有隻鳳凰正在冉冉展翅，冉冉遠去。然後……然後牠又回來了，還帶來了鳳姐，那個又美麗又潑辣的名女人：一對丹鳳三角眼，兩彎柳葉棹梢眉……

感謝師傅們的努力，讓我們得以悠哉悠哉，一邊吃著蝦餃中的蝦餃，一邊想著女人中的女人；一邊讓腦筋清涼，一邊又讓肚皮納福！

女人的手袋

女人出門可以不戴首飾，甚至可以不化妝，但斷然不會不拿手袋。手袋裡裝了些甚麼，數也數不完。如小錢包、化妝品、記事簿、防暴器、避孕袋、月經帶、紙巾、零食、電話、鑰匙……總之半個妝台，半個書房，半個保險櫃，一應裝了進去。雖然不比杜十娘的八寶箱貴重，但非隨身攜帶不可。因為她們不能像我們男人，要帶的盡可往褲袋裡塞，弄得像個掛滿袋袋的小丑，也敢招搖過市。

對，手袋是帶定了。很難想像，假如哪一天忘記了帶它出來，那個手忙腳亂的樣子，會是多麼狼狽！

不錯，帶了出來未必有用，可不帶出來就一定有用。想叫瑪麗來陪陪，沒有電話，想吃點東西充饑，沒有錢，想……最要命急出一臉皺紋要補一補粉，竟然沒有胭脂！一時之間彷彿把腦袋丟了，魂魄飛上九霄雲外，完全失去了主宰。你得明白，杜十娘的八寶箱雖然價值連城，裝的不過是些金銀珠寶，根本可有可無，而我們姐姐的手袋，儘管不值幾文，卻真情像個有求必應的貼身保母，像個孔武有力、由丈夫派來壯膽護駕的特使！

不過，要說手袋真的那麼有用，又不見得，至少我老婆那個就不是常常派得上用場；我其實才是個最有用的手袋！電話我拿，鑰匙我拎，買東西我付帳……這倒沒甚麼！不是說夫婦要互相幫助、互補有無嗎？你知道啦，男人雖然有幾個大褲袋，可是重下不重上，有幾樣必備的東西如鋼筆、記事本之

類，硬是塞不進去，這時要是夫婦同行，太太便能助你一臂之力。好比你忽然想起有一筆帳馬上要付，必須記錄下來，儘快處理，老婆大人就會傾力以赴，由上而下，又由下而上，把手袋抄個天翻地覆……然而，只是，不過，對不起啦！她有時就是連幾個硬幣也是欠奉！可不，剛才買了東西，差兩分錢出不得門，她同樣的翻呀翻，最終還是只得翻出一張百元大鈔兌了碎銀，才得了結！原來那個足以裝得下一頭小狗的紋皮大袋，偏偏就是盛不下你幾樣小東西，你道它究有何用！然難得的是，它的主人雖無歉意，卻為了多裝幾個碎銀或者甚麼的，手袋倒變得愈捎愈大，看來快連香肩都給壓歪了啦！

問題是，女人把錢花在手袋上同樣是愈來愈多了！當你發覺手袋的價值遠遠超過了它的實用價值時，它就一定另有價值，你就再也不能簡單地以一般的價值觀來衡量它了。原來烘托、彰顯、粉飾等掩眼法，皆為女人自我升值的拿手把戲。而手袋，作為她們手中的物件之一，它除了用來盛載一些東西之外，主要的，恐怕就如她們指上的鑽戒，腕上的名錶，外觀重於品質，炫耀多過實用。所以她們愈買愈多，愈買愈貴，黑色的，白色的，冬天的，夏天的，不同品牌以至不同場合襯不同衣著的，應有盡有。電視劇「色慾都市」裡的女人，又起了推波助瀾的作用，令千多元一個的Chanel、Fendi和六、七千元一個的Kellybag，大為暢銷。尤其是Louisvuitton的鱷魚皮精品Birkin，更令太太小姐們既愛且恨，聽說東京斷市之後，不少人還趕去香港搶購。因為一個護照只許買一個，有人甚至不惜往返多次，如今已被炒至二萬多美元一個，幾乎是一輛中等汽車的價錢了。你說這個「慾」字可以多麼厲害！

不過你放心，手袋再貴，也是記在男人的帳上。

我心像月亮

　　同太陽的灼爍、剛烈和壯盛相比較，月亮給人的感覺是柔美、清純和雅潔。有人說，太陽是力量之源，月亮是靈性之母，如果你天天朝晚虔誠膜拜，吸取日月的精華，就會成為一個力大無窮而又慧巧靈秀的超人。但同時又有人說，太陽和月亮同上帝一樣，也是偏私的，一個只肯把力量賦予男人，一個只願意幫女人的忙。我想這樣倒好，不然人人旗鼓相當，像一個模子鑄出來的榔頭，豈不成了男女不分、陰陽無異了？且看今日世界多麼精彩，我們可以相互取悅，可以盡量出動各自的武器，盡情享受男歡女愛的樂趣！小女人遇上四肢發達的大男人，大可瞪圓眼睛讚嘆一聲：「嘩，好勁唷！」而大男人邂逅小女人，也不妨放輕佻一點說：「咦，好大一個月亮呢！」不定就擦出火花，卿卿我我「拍拖」去也。倒是碰見陰陽怪氣、不男不女的「異人」，反而不以為意，認為那是因為地球上人口實在太多了，太陽和月亮都忙不過來，以致一時陰錯陽差，出了一點疵漏罷了！

　　於是名正言順，男人代表太陽，女人代表月亮；男人代表正氣，女人代表……糟糕！正的反面是什麼呢？總不能說女人代表邪氣吧，否則你今晚一定不得好死！不過後來想想，這也許正是我們男人心中一個最難解的結，也正是女人迷惑男人，教男人為之昏糊迷亂最拿手的法寶了。因為聰明的女人，應該永遠是男人心中的月亮，你只能遠觀，不可逼視，彼此經常要保持一定的距離，這樣她們才能像水裡的魚，霧中的

花，給你無限空間，讓你每個晚上都能發一個綺夢。要警惕的是，萬萬不可效法大詩人，為了擁抱月亮，一頭栽進河裡去，那就非但不能如願，倒可能給小水鬼逮了個正著。

不過老實說，我一不是唐伯虎，二不是韋小寶，對女人的認識幾乎等於零，甚至連家中唯一的一個都搞不清楚，她到底是太陽還是月亮，是老虎還是綿羊！所以對太陽實在不無怨懟，覺得他老人家對我未免太不夠朋友了。倒是對月亮曾經有過一點憧憬，一點嚮往。記得當年每次看楊小萍優雅地盪著秋千，柔聲唱出「月亮像檸檬，高高的掛空中……」，總會為她拍手叫好，覺得她的比喻真是太妙了；特別是鄧麗君，當她以甜美宛轉的歌喉，悠悠呻訴「月亮代表我的心」，真能把你深深迷住，不住讚嘆這個女子多麼聖潔清純！可是誰都知道，早在三十多年前，太空人唐斯朗和艾德靈，已為我們揭開了月亮的面紗，它其實只是一塊又荒涼、又醜陋的不毛之地，照理已不再神祕，大概只有像古冬這樣又落寞、又孤僻的無聊男人，才會別有情懷，而致睹月神傷，黯然嘆息說，我心像月亮！

女人十味

有位女作家把女人分為七品，真妙！那篇文章不在手邊，大約是這樣七品：

小女孩，半成品；少女，製成品；少婦，精品；人家的老婆，補品；自己的老婆，日用品；老處女，收藏品；老婦人，稀有品。

男人看女人，跟女人看女人，不論心態意向，觀點角度，都有所不同。在拜讀女作家的大作之前，未敢造次，如今有她們的人帶頭先說了，就不妨狗尾續貂，來湊個熱鬧。

要說的是女人的味道。我們知道，男重格，女重味，不同身分、不同年齡的女人，會散發出不同的味道。假如有誰在背後指你沒有女人味，那你八成是男人婆一名，不值一顧了。不過認真講起來，女人要比男人複雜得多，可說是一人一品，百人百味，定力稍差的人，多會目迷五色，無從著眼。現得女作家指點，雖然是掛一漏萬，總算把散亂的目光聚焦，大家可以按圖索驥，品而味之，說不定你會憬然驚覺，原來身邊的愛人或敵人，竟然是如許之美（味）！

女人喜歡十全十美，就湊足十味：

一、小女孩──真味。她們天真清純，想笑就笑，要哭就哭，是毛色未改的雛鳳，是千金難覓的原味。

二、少女──澀味。特點是初識風情，未經人道，對愛有幻想，對性有疑懼，想你又怕你，就好比吊在樹上的青果，而你則是一頭笨鳥，看得，吃不得。

三、少婦——蜜味。她們芳華正茂，像怒放的春花，熟透的蜜桃，糖心的鮑魚，是女人中的女人。

四、人家的老婆——吊味。千百年來，這個說法不知害苦了多少夫妻。這裡特地轉述一個聽來的故事：有一家兄弟，老大嫌老婆長得醜，常指著她罵：「瞧你，要是有三分像嬌嬌就好了！」誰知老二也罵老婆，常指責她說：「也不看看嫂子，人家多麼勤快呢！」一天，老子不聲不響把二人拉上飯店。兄弟倆好生納罕，何以味味菜餚都是青菜墊底呢？老子於是點化他們說：「就是為了這個！你們看，除掉了外頭的東西，骨子裡不都是一樣的嘛！」

五、自己的老婆——乏味。也不是每個男人都認定自己的老婆不如人家的好，但天天都是她，還能濃情蜜意嗎？比如龍蝦，人人愛吃，可是波士頓有家賣龍蝦出名的餐館，餐餐開飯都是龍蝦，伙計們就罷工抗議，指龍蝦敗壞了他們的脾胃。

六、醋娘子——酸味。倒不是對你不好，只是管得過嚴。窮、抽煙、吃大蒜、不做家務、用完廁所不沖水……都可以容忍，就是不許對別的女人好。連跟隔壁師奶打個招呼，向過街女子行個注目禮，都可以打破醋罈子，鬧個天翻地覆。

七、肥女人——和味。豐腴、富饒、寬裕、飽足這些代表幸福美滿的字眼，總是因肥而來，是肥的結果。肥還曾經代表美麗，有如時下以纖細代表美麗一樣。

八、瘦女人——無味。因為流行瘦身，女士們紛紛趨時跟風，把自己弄成皮包骨，看起來就像四根甘蔗撐著一副鴨骨架子，開猛火怕也熬不出味道來，真是罪過！

九、老處女——不知味。不過說法有問題。請問世間有多少寶藏未被開發，有多少學問未為人知？那絕對不是過期的罐頭，當中可能有塵封的寶石，有未經琢磨的樸玉，有待你去發掘、辨識、加工和欣賞。

十、老婦人——辣味。不僅僅是老婦人，老男人也一樣，都成了老皇曆，累人累物，又不環保。但誰又能不老呢？其實他們飽經風霜，內蘊豐厚，有如陳年的柑皮，遠年的老薑，有驅風正氣的功效。俗諺「家有一老、如有一寶」並不是胡謅的。

那我是不是在胡謅呢？

美不美

女人常被這幾個問題困擾著：肥了還是瘦了，白了還是黑了？也就是說，美了還是醜了？似乎美與醜，就看她的肥瘦與黑白了。

無論你多麼聰明，多麼能幹，只要是女人，都得跟著潮流走。現在流行瘦身，哪一天無意中發覺自己重了半磅，也會大驚失色，從此可以天天不眠不食，為去掉那多出來的半磅而奮不顧身。

肥一點就一定醜了嗎？不見得吧！「肥姐」沈殿霞就很美，如果你有她一半的才藝，一半的風姿，再胖一點相信也有吸引力。肥胖原本就是一種美態嘛，你看古典大師們的美女畫作，或典籍中那些傾國傾城、悽美悲壯的美女艷史，有哪幾個主角不是肥肥胖胖的呢？被叫作「肥環」的楊玉環，就是肥女一名。早年伊莉莎白泰勒以驕人之軀扮演埃及妖后，其實妖后真人也並不苗條，倒頗像後來那個變得腰粗臀圓而仍然美艷無比的「肉（玉）婆」，要是影片推遲二十年來拍，泰勒就不必化妝了。

瘦當然也有瘦的美。以「燕瘦」聞名的趙飛燕，就真似燕子一樣瘦得楚楚可人。柯德烈夏萍演「艷尼傳」出名，也是憑藉她清瘦端麗的形象打動人心。但飛燕和夏萍她們的瘦是天生的，而不是強搾出來的，所以看起來就像水仙花一樣清新自然。經過人工抽脂的就不同了。譬如那位被形容為有天使面孔、魔鬼身材、甜美笑容的台灣美女，不知道有沒有減過

肥，那天看她上電視，美則美矣，可是鏡頭一拉開，瑕玷即現，原因是胳膊太瘦了，與肩膀幾成直角，筆直的吊著，彷彿是插上去似的。但凡經過強力減肥的人好像都有這毛病，胸部以上只剩下一副骨架子，十分礙眼，胸脯雖然不小，也因為欠缺必須的承托力而顯得「假」了。要知道，只有不肥不瘦，像仙霞明珠一般圓潤豐滿的，才是至美。而恰恰這正是我們多數女人所擁有的，只因為看見某明星忽然胖了又瘦了，醜了又美了，便不禁躍躍欲試，也來瘦一瘦。誰知人家是為了要做瘦身商品的代言人，才不得不任人搓捏，而你卻是自動獻身，要做他們手術台上的肥羊！

張藝謀最會相人，於是有了鞏俐和章子怡；王家衛最會用人，故二人得在電影「二〇四六」同時現身。她們是中國當今最昂貴的美女，一個豐妍如滿月，一個清麗如秀竹，恰似「燕瘦肥環」的再版，讓我們在飽覽美色之餘，也給上了一堂美的詮釋。

到底，媸妍不過是一種感覺而已，不同的時空，不同的種族，會有不同的審美觀。大抵自己沒有的，就愈感到難能可貴吧。美國人天生一副白皮囊，不知羨煞多少人，他們卻大不以為然，覺得白雪雪的太沒有生氣，非要晒成一身古銅色，才算健康美麗。所以除了冬天之外，海灘和公園都成了日光浴的好去處，不分男女，都脫去衣裳，躺下來晒上大半天。然而對於我們來說，那不啻是自我作賤。常言「一白遮三醜」，要白都來不及，竟無端給自己塗黑，傻咩！

當然，我們也愛公園，也愛海灘和陽光，但得有把大洋傘。倒不是怕紫外光，怕患皮膚病，就是怕給晒黑了。來到公園海灘還要打傘，確是有點兒怪怪，不過廠商專家們比我們還

要緊張，不但提供了上好的防晒油，還精製了多種輕巧美觀的長袖手套與遮光板，好讓小姐太太們開車上路時也能戴上。儘管在美國人眼中，正如我們看他們晒太陽一樣，簡直不可思議。

肥瘦總自若，黑白皆相宜，最重要的還是在於身心健全，對於自己的身材外貌有自信，同時不忘充實自己的內在涵養，則無人會說你不美了。

女子十三種型格

女人是個說之不完、道之不盡的話題。

不知道女人了不了解女人，男人肯定就不了解女人。我們曾經嘗試從不同角度、不同立足點去看女人，比如經濟的、邏輯的、審美的、性的……可是女人實在太微妙，太奇妙，太美妙了！她們一出現，你的目光就變得貪婪，心眼就變得褻瀆，看法就變得主觀，嘴巴就變得輕薄。你無法真正去瞭解她們的內心世界，而只能根據她們的身材樣貌，言行舉止，勉強把她們分類歸納。於是就有以下一些比喻：

一、真女人。她們柔美溫婉，儀態萬方，既是個上床能叫的情婦，又是個下床能聊的密友。這是女人所能得到的最高榮譽，可是男人打著大燈籠，找遍全世界，也找不到一個如此完美的女人！

二、男人婆。她們豪邁霸道，風風火火，只顧得搶風頭，爭業績，從不把男人放在眼裡，更不問情為何物。鮮花、燭光、香檳、美食皆不為所動，網球、高球、炒樓、炒股方是強項。她們比女強人硬朗，比男子漢豪放，不是情場上的好對手，卻是事業上的好拍擋。有了她你會更順遂，但也更想找女人。

三、豪放型。與男人婆不同。她們觀念前衛，行為出位。如用身體寫作的美女作家，如以性愛取樂的迷幻女郎。她們視性行為如飲水，是男人眼中的公廁和尿壺。

四、高寶型。或者富有，但刁蠻，或者美麗，但傲慢。你不是她的情人，而是她的奴僕，你不是她的丈夫，而是她的錢袋。為了她，你將失去男人的氣度，以及男人的尊嚴。

五、奶媽型。不很漂亮，但很溫柔，不很能幹，但很勤力。把家庭打點得窗明几淨，把丈夫服侍得無微不至。她比母親細心，又比奶媽卑微，但男人身在福中不知福，還嫌她不夠女人味！

六、波霸型。長得豐乳盛臀，又喜賣弄風情。女人見了心酸，男人見了心癢。不知多少女人為她哭了，不知多少男人為她栽了。誰說胸大無腦？男人也是吃奶大的，她就最會活用她的活寶，務要把你迷倒！

七、清標型。有人刻薄地稱她們為搓衣板、飛機場。這是不公道的！她們除了少一對臃腫的乳房（其實也有），什麼都不缺。清秀婉約，活潑輕盈，聰明伶俐，善解人意，見到她你會如沐春風，情不自禁想拉起她的手，跟她哼首情歌，或者說個有趣的故事。她是你最快樂的情人，最合拍的妻子。

八、冷艷型。絕對不是高寶，跟蠻不講理、自視不凡的千金小姐截然不同。實在太美了，簡直是個羽化了的仙女，是座通透粉嫩的白玉塑像。可以不怒而威，並且總有一股震懾心魄的魅力，教人不敢正視，當然更不敢輕瀆。可惜這種女子多為自戀者，很可能是個木美人。

九、花瓶型。美麗但低能，高傲但無知。女人都以鄙夷的目光藐視之，男人都以驚嘆的口吻讚美之。獲此殊榮的女子並不以為辱，倒有點竊喜，因為不論褒貶，你都已肯定了她的存在。

十、病態型。無關月事，亦非悲秋，十足林黛玉再世，老愛無
　　病呻吟，亂發脾氣。這種女子惹人憐愛，但畢竟不是現
　　代人應有的作風，遲早令人生厭，遭人鄙棄。

十一、長舌型。像隻小鳥，吱吱喳喳，蹦蹦跳跳。最喜歡張
　　　家長李家短，每一分鐘都有大新聞。八卦起來，眉飛
　　　色舞，婆媽起來，陰陽怪氣。既是聯調局，又是路透
　　　社，既是同僚的耳目，又是鄰里的喉舌。

十二、吝嗇型。她們兵分兩路，各走極端。一端是厚人而
　　　刻己──關起門來知慳識儉，開門出去豪爽大方，所
　　　以雖然「孤寒」，朋友還是不少；一端是厚己而薄
　　　人──本師奶想要的，不問平貴，但是包括丈夫在
　　　內，都是錙銖必較，你休想沾半點便宜！不過她們都
　　　是殺價的高手，買東西請來幫口，定有折扣。

十三、蛇蠍型，又稱×嫂型。她們不知足，不惜福，不知天
　　　高地厚，不識稼穡艱難。找到個冤大頭，花錢如倒
　　　水，揮霍無度，不用過腦；捉到條大水魚，購物如輪
　　　米，眼見心謀，搶到好彩。這邊銀根吃緊，那邊拼命
　　　刷卡，黏過她的男人，無不傾家蕩產。

　　女人當然不只十三類。不過十三代表不祥，而「十三
點」又好像要罵人神經病了，如果不適可而止，見好就收，就
可能遭受高跟鞋圍攻，被卜穿頭有之，所以只得就此打住。

婚姻十戒

　　大至國家民族，小至社團商號，為了鞏固自己的權益，總要制定一些嚴刑酷法，或者清規律例，要人們認真遵守。婚姻法就是國家的大法之一。有了這條法律，就把人和動物區分開來，並為社會基層奠下一個比較健全和諧的次序。然而法律並非法寶，縱使你從不枉法逾規，也不等於就能保證婚姻美滿，家庭幸福。婚姻是人類生活中一個至關重要又十分微妙的結合，就像我們寫文章，只懂得語法修詞是遠遠不夠的。事前最好先給自己弄個大綱，訂些戒條，將來摸索起來就可能事半功倍。

　　試擬「婚姻十戒」如下，僅供參考。

一、戒與人工美女結婚。如今科技發達，你要眼睛多大，鼻子多高，胸部多挺，腰肢多細，臀部多隆，簡直如捏人面兒，大可隨心所欲。聽說有個男人娶了位美人做老婆，不知多麼驕傲，以為擁有美眷就是成功的標誌。等到老婆大了肚子，更是樂不可支，捉摸著很快又有個像嬌妻一般標致可愛的孩子，家庭將會何等幸福！不料小東西生下來，又黑又醜，嚇得做爸爸的任是不敢相信，這個魔鬼似的怪物，怎麼可能是自己的骨肉！後來扭上官府，老婆不得不承認，孩子像媽，老娘原本就是這個樣子的！

二、戒與同性同志結婚。道理很簡單，人人都學你們，人類
　　遲早會像恐龍，要從地球上消失。為了不讓世界幻滅，
　　請留下種子！

三、戒為結婚而結婚。這種情形也許不多，可也不是沒有。
　　眼見同儕好友們一個個都成家立室了，漸漸感到孤寂難
　　耐，心裡頭一急，就把擇偶的條件一降再降，結果便成
　　了年晚煎堆，人有我有。等到醒覺這碗飯哽不下去時，
　　無奈米已成炊，為時晚矣！

四、戒純為財貌而結婚。或者應該說，別為表面風光所惑。
　　按理，郎財女貌，天經地義，我們也不必自鳴清高了。
　　要說的是，品格、德行、學養也很重要，不要不分皂
　　白，見到一個錢窟，一個美眉，就不顧一切一頭栽進
　　去，免得到時軟玉溫香，抱的卻是繡花枕頭一個！

五、戒為報復而結婚。你甩我？以為沒有人要我嗎？再回
　　頭，本小姐才不要你！一賭氣，月下貨霎時變成了時
　　尚，把手一扣，就是一個現成的新郎官。到頭來呢？啞
　　子吃黃連，有苦自己知！

六、戒為逃避結婚而結婚。這種情形，多半是為了成全你心
　　愛的人，或者要躲開一個無法接受的人，而草草找一個
　　並非心儀的人來成婚。無疑，情操是高尚的，心地是善
　　良的，可是吃苦的將不只你一個人，而是四個人！

七、戒做蝕本的婚事。你要的是美色，她要的是財寶，等如
　　以貨易貨，公平買賣，只要兩不拖欠，外人根本管不
　　著。至於為了攀龍附鳳，不惜以身體為階梯，以靈魂做
　　跳板的，則應戒之。不過人人都這麼做了，多你一個也
　　無所謂，唯有提醒自己，陷阱處處，可不要賠了老本才好！

八、戒遲婚。早婚的人已不多，遲婚倒成了風氣。人生苦短，不好好享受青春的歡樂，等於沒讓空中的煙火爆發，沒讓它把最燦爛的光彩展現出來。你自己損失事小，兒孫們因為來遲了而未能得享應有的福樂，事大矣！

九、戒與志趣不相投者結婚。常言說：道不同，不相為謀。又說：酒逢知己千杯少，話不投機半句多。試想一個埋首三墳五典，一個終日二索六桐，牛頭不對馬嘴，如何能夠「對碰」吃糊！年輕時各忙各的，還好，等到垂垂老矣，二人寸步不離，竟然半天也扯不上一句投契的話，日子怎麼過！

十、戒為禮金、嫁粧、酒席討價還價。一輩子的事，如果條件許可，舖張一下也是應該。但假若因貪婪而生齟齬，令親家變成冤家，或為了面子而去舉債，使財政瀕於崩潰，那你們是把好事辦成壞事了！

但願有情人終成眷屬，鶼鰈情長。

筆墨紙硯

紙的學問

　　腸胃不好鬧肚子，趕到廁所，急不容緩之際，卻發覺裡面沒有廁紙，於是連忙又跑出來，四下張羅，那一副狼狽相，真不知可憐還是可笑。

　　翻開報紙，不謀而合，一位朋友也在談及類似的事，並圍繞著紙的問題大加發揮。原來薄薄的一張紙，竟包含著那麼多大學問，不但可以看得出一個國家有沒有銀紙，還可以看到這個國家的文明走到了什麼程度，而假如連紙都匱乏的話，則這個國家的人民，便可能像紙一般輕薄了。

　　也許由於紙是中國三大發明之一，所以我們並不覺得紙有什麼了不起。「柴米油鹽醬醋茶」開門七件事，並不包括紙在內。但也慶幸是這樣，否則人手一紙，十多億人口，每年要耗掉多少紙，又哪兒來那麼多的紙呢？

　　但畢竟，紙荒還是出現了。那是發生在七十年代的事，香港有家出版社，答應為我出個小說集，後來因為紙張太貴，說要押後一點，不料就此關門，我的稿子也因而不翼而飛，可能已經借屍還魂，變成現在我桌上這張打字紙了。

　　紙荒的時候，連如廁都成問題。記得早前香港鵝頸橋那個公廁，每次要放下兩毫錢，守門的阿婆才肯提供兩張又粗又薄的草紙。不過兩毫錢買個方便，總比捧著個肚子不知所措好多啦！

　　現在倒有不少茶餐廳，借用阿婆條橋，在櫃台出售紙巾，雖然用途不同，手法還是一樣的。

其實香港人從來就不大捨得用紙。報章、電台、電視也在在教人注意環保，不可浪費來源不豐的紙。美國人來到香港，感到最不慣最不便的，相信就是用餐時沒有面紙了。有些聰明的本地人，會自備一兩包小紙巾，以便隨時取用。

十多年前，筆者曾帶過一些可以洗滌、能使用多次的軟紙回港。一位教書先生看見了，批評說：「不是多此一舉嗎？為什麼不用手絹呢？」不管他的話對與不對，以後每次出門，我都會準備幾條手帕，做法雖然老土一點，卻為自己帶來了不少方便，也因而節省了一些紙。

美國人用紙最大方，最無度，因此有人說美國最文明，最富有。到處都有免費供人使用的紙，當然也到處都有被人廢棄的紙。廁所裡除了供應廁紙之外，還有抹手紙、抹臉紙，加州更規定必須預備蓋廁所板用的墊板紙。不消說，像麥當勞那樣的快餐店，更有取之不盡、用之不竭的抹嘴紙和衛生紙了。親眼看見一個人走進去，恰好與一位員工相遇，員工客氣的問他有何需要，他居然大大方方的回答說：「沒有，只想來取一些紙。」而更奇怪是員工依然滿臉堆笑告訴他，紙就在前面！

一個人走進洗手間，無須考慮，啪、啪、啪隨手一扯，十張八張紙就被扔進垃圾桶；還不罷休，回頭照個鏡，又是啪、啪、啪⋯⋯誰也不曾留意，這個文明的國度，正在背後推動著她的子民去幹一件極不文明的事──毫無節制的浪擲地球的資源！假如有一天人類會喪失文明的話，可能正是這群文明人幹的好事呢！

筆的故事

有三件小寶貝，即金筆、手錶與照相機，歷久不變，一直是男人們汲汲於「精益求精」的東西。

當然，隨著物質生活的不斷豐富，男人身上的東西也愈來愈多，愈來愈講究了。自頂至踵，由帽子、耳環、襯衣、領帶、袖扣而至鞋襪，無一不可以成為排場，用以炫示他們的富裕與品味的。

就說鋼筆吧，我們知道，此乃書寫工具，是給人們寫字用的。那麼誰的筆最有用、最有份量的呢？當然是作家了。在一些親友眼中，小的也算「作家」一名，於是逢年過節，總有人以筆為禮。今年生日就收到兩枝百元以上的好筆。殊不知真正的作家，他們筆走龍蛇，用的卻九成是九毫九一打的走珠筆。我以前也是用走珠筆，現在大多用電腦，這筆就少掂，友人的饋贈，就好比入錯門的媳婦，所託非人了。然而文具店裡的筆，還是越賣越貴，而且好像不愁沒有銷路，可見依然有它的用處。

令我畢生難忘的，是升上中學時父親送給我的犀飛利金筆。聽說那是當時美國出產最貴的自來水筆之一，可以當飛鏢玩，大力往桌面上插去，也能分毫無損。全校僅此一枝，幾位要好的同學都為我感到驕傲，為了證明它的厲害，不時拿去表演給大家看。誰知有個傢伙一時得意忘形，用力過猛，「嗖」地一標，竟然直插水泥地上，筆尖當堂開了花，教人好不心疼！

就是說，好筆並非完全為用筆之人而備，就像炭之不一定為需要取暖之人而送一樣。上世紀五、六十年代，有些香港撈家，盲字不識一個，表袋上就永遠插著一對派克金筆。倒不是要充大頭，只是為了不時之需，如萬一哪天在澳門賭輸了錢，將之往二叔公（當舖）那兒一舉，一張回港的船票就不成問題了。

現在美製的金筆已不大流行，取而代之是法製的白山（Montblanc），每枝由百餘元至數千元不等。但再貴的筆，也就是筆一枝而已，算得了什麼呢？手中捏著枝好筆，精神上的自我滿足感，遠遠超過筆本身的功能，說穿了就是虛榮心作祟吧了。何況美人配名士，寶劍贈英雄，一枝上好的金筆，如果不是為善於用筆之人所擁有，卻落入一名目不識丁的大老粗之手，不亦令人惋惜也！

但真正把筆視為寶貝的，既不是我們這些臭老九，也不是我們眼中的「老粗」，而是遠在非洲的肯亞人。等閑的一枝走珠筆，筆桿上也要貼上甚至刻上主人的名字，唯恐被人偷走。到過那兒旅行的人都知道，酒店只備信紙而不提供筆，借用就必須歸還。尤其令人莫名其妙的是，在這裡遇到的每一個人，包括蜂擁而來的小孩，路邊兜售的小販，甚至無端要求捐施的仁人君子，無論有事沒事，也不管結果如何，最後都會向你做出同樣一個令你一看就明白的小動作：「給我一枝筆！」可以肯定，這些人不會是輸光的賭徒，要靠一枝筆來換取一張回程的船票。那麼他們為什麼如此迫切需要一枝筆呢？筆能給他們智慧，可助他們洗刷貧困，強國富民嗎？而筆於他們又為何如此之難得呢？我們似乎無須找尋答案，但願每一個真正需要筆的人，都有一枝好筆就好了！

咖啡與報紙

喝咖啡與看報紙，是每天早上必做的兩件事。

咖啡真神奇，那一天不喝，便終日昏昏欲睡，心神不寧，甚至頭痛聲啞，渾身乏力。這顯然是中了毒癮，並連帶患了併發性心病，無藥可治。要求倒不高，哪怕是便利店幾毛錢一杯的「馬尿」，趁熱灌下去，也如飲下瓊漿玉液，立即眉開眼明，精神抖擻，遇到老虎也敢揮拳相向了。

報紙呢，與其說是精神食糧，不如說是強心劑。尤其是那天副刊登了自己的「大作」，即使縮在邊角，要用放大鏡才找得到，也會樂得心花怒放，比喝下一杯特濃的黑咖啡還要過癮十倍。

美國的中文報紙，十足一家華資超市，中國人所需的東西，應有盡有。

我家訂了兩份報紙。出門飲茶或吃飯時，還順手買一份，實際上經常有三份。老婆先收起她的娛樂版，再留下兒子偶爾來掀一掀的財經版，剩下來的港、台、大陸版與副刊，就輕輕向前一推，都歸我的了。

最恨郵差大佬不合作，你閑得無聊，在那兒望穿秋水了，他偏偏姍姍來遲，甚至乾脆不派報紙；等到你忙得要命，好幾天沒有時間看報了，卻冷不防送來一大堆，害得你只好囫圇吞棗，隨便翻幾翻就塞進垃圾桶。尤其惱人的是，你咬碎筆頭，嘔心瀝血熬出來的一篇得意「大作」，寄出後一直石沉大海，以為一定是給老編「投籃」了，不料忽然收到稿費通

知：大作已於×月×日刊出。你瞧！報紙買了無數，就揀最要緊的那份丟了！也不知是自己扔了，還是郵遞失誤了。

中文報紙，辦得最好最多的，當推香港。在全盛時期，有近三十份。這次回去，發覺少了十多份，當中有幾份還是歷史悠久的大報，感到十分可惜。但縱然這樣，香港的報紙，仍然堪稱海外中文報紙的搖籃。

好幾家著名咖啡店也沒有了。多數是被拆掉，改建成高樓。其中有一間則改賣皮鞋，以皮革的惡臭，取替咖啡的芳香。幸好香港人從來貴精不貴多，不若美國人那樣，以咖啡代水，冲一大壺放在那裡，渴了就倒一杯，而是以質取勝，細細地品其味，味其香，務使咖啡不失為咖啡。

從前在大陸時，咖啡多由居住香港的母親供給。上海有一種咖啡代用品，金紙包裝，小小一方塊，像如今的「三合一」，用開水一冲，啡、奶、糖都齊了，當時喝起來，覺得也不錯。只是周圍的人都沒有喝咖啡的習慣，獨斟獨飲，有時會像喝悶酒似的不是味道。

大陸人不喜咖啡，不因改革開放而有所改變，因此這次廣東之旅，「吊癮」不在話下。不過由於早有心理準備，還不覺得怎樣。最沒趣的，倒是沒有報紙，每天飯後睡前，不知做什麼才好。我困惑極了，大店小店，正道邪門，什麼樣的生意都有人做，怎麼就是沒有人來開個書報檔呢？到過好幾個市鎮，走完一條街又一條街，才找到兩個小攤子，可憐巴巴的擺著兩三份隔日報紙。普通人不買報紙，連工廠的接待室，政府的辦事處，都不易見到報紙的影子，書刊雜誌更不用說了。這和從前多麼不同！那時我們窮到什麼都沒有，只有幾本書和一份報紙，現在什麼都有了，誰知反而把書報摒棄了！

　　不過作為一名作者，要是給大陸的報紙寫稿的話，你又會省事得多，不必為了一年才寫那麼幾篇東西，要訂整年的報紙。報社設想周到，在給你匯寄稿費時，會同時附上稿樣，即大作的剪報一份，這樣你便可以逐篇保存下來，萬無一失了。

　　不管怎麼說，每天早上起來，喝杯咖啡，看看報紙，實在是件賞心悅事呢！

香港話的妙趣

　　語言文字是人類溝通的工具。中文，當然是我們中國人最純熟的工具了。

　　香港雖然曾經長期被外人統治，香港人始終還是中國人，大家都看中文報紙、聽中文收音機、看中文電視。講的話雖然是方言，廣東以外的人或許聽不懂，本地人就沒有不懂之理。文字比較複雜一點，也許需要有點文化基礎。不過文盲到底不多，因此也鮮有人看不懂中文的。我自己就是個例子，從小學中文，又是一名老香港，過去數十年，從不曾為語文問題傷過腦筋。可是移民美國之後，再回去，就發覺有點不對，而且越往後，問題就越多。

　　香港話本屬廣東話。在我們心目中，香港根本是廣東的一部份。但由於香港長期華洋雜處，中英文並重，因而洋為中用、中英夾雜的情形在所不免，結果香港話自成一格，語彙要比本來的廣東話豐富得多，像搭巴士呀、OK啦、我的FRIEND，諸如此類，都是從前所沒有的。我們海外僑胞也搭巴士，也有許多FRIEND，自然也OK。可是，你知不知道「一球」是甚麼意思嗎？與居港的小兒話家常，不時聽到球、球聲，竟不明所指。小子的廣東話是跟老子學的，莫不是青出於藍，老子現在反而落後了？

　　一點也沒錯！老香港變成了新鄉里，正是因為太老了！

　　原來「一球」是「一舊」、「一撇」、「一粒」的延伸，因為港幣貶了值，物價漲了不少，一百元、一千元、一萬

元已不大濟事，想做點什麼，動輒要以百萬計，「一球」正是一百萬元的意思呢！

不少市井俚語、黑社會暗話，以及許許多多即興創作的形容詞、名詞、短語和俏皮話，都成了香港人的口頭禪，弄得我們這些新鄉里目瞪口呆，一頭霧水。乍聽起來，香港話好像是更加生動活潑、更加豐富多彩了，但是同時，也好像是更加洋氣、更加俗氣了。

那晚電視台搞華裔小姐選美，司儀問一位從外國回來參加比賽的佳麗，下面幾個詞語之中，哪一句是與吃有關的。那是——照田雞、茄哩菲、釣泥鯭、文雀、飛沙走石、賣老柚。

老香港想了老半天，終於恍然：「照田雞」是指看相；「茄哩菲」是指不大重要的演員；「釣泥鯭」是指計程車司機一次兜攬幾個散客；「文雀」是指小偷；「飛沙走石」——炒哉！指的竟是喝咖啡不加奶不下糖，形容得多麼維妙維肖、生動有趣！至於「賣老柚」，則始終不知所云。問過比我們遲移民的朋友，也不明白。

類似的詞語共有三組，分別向三位外來的佳麗發問，當然都交白卷。第二組是「走鬼」、「走雞」與「走青」，也是問哪一句與吃有關。我知道「走鬼」是指無牌小販走避警察，「走雞」是指錯失良機；那麼答「走青」大概就對，但還是要由司儀點明「免蔥」，解釋蔥是青色的，才茅塞頓開。

第三組更妙，充份體現了香港話之中英並用、抵死古惑的特性。可惜又是由於不知所云，只顧得動腦筋，未能及時記錄下來。

通過一些生動的形容，貼切的比喻，往往可使一句話更加形象化、更加動聽，或者聽起來更加親切、更加有味道、更

加抵死——甚麼是抵死呢？此「抵死」可不是指至死不變主意的那個「抵死」。我也說不清楚，只知道有些原是廣東話的電影，被譯配成普通話之後，許多對白就不再那麼「抵死」，也不再那麼有味道了。方言確實是有其獨特的地方色彩呢！

文字是人造的，話也是人說出來的，有多豐富的生活，便有多豐富的語文。香港是世界上一個最特殊、最複雜的都市，因此她的語文也就必然比別的地方來得更為多姿多彩。這是毋庸置疑的。

中國有五大方言。為了交往上的便利，講廣東話、福建話、上海話、客家話或潮州話的人，多學會了普通話；同樣，南來香港的內陸人，也得學講廣東話。假若有個上海女人操著純正的寧波話大罵老公，而她的廣東老公，照樣用他地道的台山話回敬她的話，那將會是多麼熱鬧，又多麼有趣！

中國的文字（漢字）早就統一了。上海人依舊可以講阿拉、儂，上海的報紙卻只會刊出我或你。你可以聽不懂上海話，但斷然不會看不懂上海出版的報紙。香港卻不然，正如這個城市的名稱叫「特別行政區」一樣的特別，有些報紙，不只上海人看不懂，連我這個給報紙寫稿的老香港，居然也看不懂！

「無線大細超，戥×××唔抵！」

「×××結婚，×××娶妻，十吓十吓。」

這是某報兩篇文章的標題，你懂嗎？或者懂，但一定有人不懂，或者不全懂。可能這是迫使「外人」學廣東話的好辦法。不過假使人人堅持各說各的話，你說這是鹽，我偏說是上味，只聞嘈吵一片，說了也是等於沒說。

文字是給人看的，話是給人聽的，要是所說、所寫的別人都不懂，我們又何必多此一舉呢！

畫鬼腳

前兩天接到一個長途電話，不來客套，開門見山就問：「怎麼近來不見你畫鬼腳了？」

——畫鬼腳，一個好陌生又好親切的詞兒！

是的，有好幾個月，不，是有好長一段時間沒畫過鬼腳了！

這話怎麼說？有些讀者也許不明白，「畫鬼腳」是甚麼意思呢？

來自香港的白領們一定玩過，每到三點十五分下午茶的時候，總會有人提議畫它一畫。人數不拘，兩個人以上就能玩。假如有五個人參與，每人一杯咖啡，一件三文治，共需五十元，那便畫五條直線，並隨意在其中兩條的末端寫上加起來共五十元的銀碼。例如其中一條二十，一條三十，剩下來的便是白吃了。陳、李、張、黃、何任揀一線，在線的上端各自寫個記號，同時在線與線之間加上若干橫線，畫成不規則的梯型，即可以開始比賽。誰先畫都一樣，由上至下，見線就過，一級一級的，忽左忽右，像下旋轉樓梯。畫到終點，如果得個「白吃」，嘻哈一笑，這一頓下午茶會來得格外「醒胃」；而若被罰，也是無傷脾胃，就當多吃了幾件點心好了。

鬼腳也者，即是像鬼的腳步一樣詭譎多變，飄忽不定，未到終點，誰也看不出結果。也有人稱為雞腳，因為行與行之間一節一節的，有點像雞腳的樣子。但在我們看來，似乎更像原稿紙，畫起來也更像爬格子，因此才有文端那一段戲言。

畫鬼腳不能算賭，卻有那麼一點博彩的意味，也許正因為這個緣故，所以很能吸引人。一般老闆也不反對員工畫鬼腳。讓大家喝杯咖啡，舒鬆一下，待會兒說不定還會事半功倍哩。

老朋友說久不見古冬畫鬼腳，指的自然是爬格子，與下午茶無關。那也是許久以前的事情了，難得他還記得。那時案頭上總是擺著個拍紙部，不定何時忽然心血來潮，文思泉湧，於是馬上疾筆如飛，唏唏沙沙一口氣寫滿兩三頁紙。寫些什麼呢？拍紙部就擱在那兒，卻沒有一個人能夠完整讀出一個句子，因為滿紙盡是符號與簡體字，十足鬼畫符。於是老朋友謔稱之為畫鬼腳，從此古冬的文章就成了「鬼腳」了。

一個業餘作者是很難不輟筆的。寫寫停停，有時頗勤力，有時又很懶。早幾年寫了不少東西，可是搬到加州之後，放下筆，就不想寫了。聽了老朋友的電話，彷彿老化了的電池重新充了電，抓起筆來，就給他來篇〈畫鬼腳〉，算是有個回應吧。

古冬的文章雖然不值一哂，但總算把這小鬼腳「畫」到海外來了。倒是忘了向老朋友請教一下，該不該把香港的大鬼腳也搬出來，加以發揚光大，畫給洋人看看呢？

我想，先在我們自己家裡試試是無妨的。大家不是都興老子請小子，小子請老子嗎？這個週末就拿出紙筆來，畫來看看。要是小子贏得「白吃」，你一定樂得高聲嚷嚷；本來就該我請嘛！雖說老了，不比你們本事，可一頓晚飯還請得起呀！而兒媳們也就可以心安理得，覺得這一頓是贏來的，再不會邊吃邊嘀咕，說老要老人家花費，於情不通，於理不合。倒過來，要是兒子輸了，那更不用說，你大可開懷大嚼，盡情享

用，反正老子吃小子的，天經地義，而小倆口也一定笑咪咪頻頻為你獻酒，認為師出有名，你老是推也推不掉了。最好是畫的時候由小孫子發號施令，每喊一聲，就畫一下，唰、唰、唰、唰，愈喊愈快，愈畫愈起勁，那就不僅是畫一頓晚飯那麼簡單，而是一幅動人的天倫樂圖了。

　　寫一篇稿子，夠古冬畫一次鬼腳；畫一次鬼腳，夠古冬樂足一整天。

「作家」也者

　　年前回香港，得到香港作家協會副主席林蔭兄一張名片。依足一般名片的格式，在職銜一行，即名字上面，林兄印了四個小字：「專欄作者」。最近再回香港，老朋友副主席的寶座依然坐穩，名片卻翻了新花樣，「專欄作者」變成「專業作家」了。我逗他說：「老兄終於成家，恭喜了！」誰知他竟板起面孔回答說：「給人罵得多了！你也該罵，招牌都扛出來了，還要躲躲閃閃！」原因是為了便於與文友聯繫，我也印了份名片，以洛城作協會員的名義行頭，下面另加「自由作者」四個小字。為此林兄很不客氣的質問：「自由作者是什麼意思，別的作者就不自由了嗎？」

　　倒不是小的謙遜過人。即便是我們協會的會長周愚先生，都聲言自己從未自認作家哩！是否因為「作家」這頂帽子太大太重，抑或太招搖了，戴起來不好受，所以大家都避之唯恐不及了？

　　問題顯然出在「家」字上面。而歸根結蒂，相信還是文人相輕這個老毛病在作怪。你也算作家呀？只怕才露出一點點口風，那邊已有人撇著嘴皮說：「自高身價，得啦！」甚至公然給你加上引號，指為自我標榜，加以嘲諷。一些本來就欠缺斤兩的晚輩如古冬之流，給他們一唬，腳都軟了，為示「謙厚」，只好在小卡片上加以詮釋，在下僅是作家協會裡面一名小作者，本已羞慚不已，求大爺網開一面，高抬貴手啦！

然話說回來，文友們一眼便看出，名片上既然有了作家協會主席或會員的名分，下面的「專業作家」、「自由作者」便是架床疊屋，累贅多餘。還是周會長高明，一句「自由投稿業餘作者」，巧妙地避過了判官老爺們的棍子，令古冬不由得拍髀叫好！

那麼，作家真是那麼尊貴，那麼高不可攀麼？卻又未必。如果你像金庸、倪匡他們，著作等身，堆積成金，無疑令人敬慕，令人景仰。像林蔭他們也不錯，作品推踢而出，作文養家而卓然有餘，可謂真正的「作家」。可是除了數得出的少數高手之外，海外的作者真能「作」到家肥屋潤的，又有幾人呢？告訴你，我們出書幾乎都是自掏腰包的，在報章發表文章大半是沒有稿費拿的！誠然文章有別於紙幣，兩者不宜相提並論，但說實在話，當一名生財乏術的窮作家，總不見得特別光彩吧！

照詞典的解釋，「作家」也者，一名「寫作文章」的人而已。說俗一點，即一名愛玩文字遊戲，精於無中生有瞎吹牛皮的人而已！

大陸的學生有句順口溜：「男學工，女學醫，調皮搗蛋的學文藝。」工與醫，還有商與法，皆是硬繃繃的真才實學，須遵循一定的章法，要一板一眼的去學去做，不可以胡來。而文藝，則可以自行創作，自由發揮，所憑的是才氣，要講的是技巧，或者多少還得帶點浪漫與不羈，可說是華而不實了。所以人家叫「師」，而我們稱「家」，這當中想必不無道理吧！

從前有些作家自視甚高，動輒要教訓人。現在可不行了，文章寫得比你好的人多的是，別人不要的草包，你還抱

著當寶貝，才是笑大人家的肚皮！等著瞧吧，用不著誰批鬥誰，家裡的電腦電視，遲早會把你們趕盡殺絕！

在此情此景之下，依然妙筆生花，不斷有鴻篇巨製推出的能者，已是自成一家，根本不在乎你怎樣看待他了。苦的是我們這些小作者，誤入歧途，在一篇文章換不到一包花生米的景況下，還執迷不悟，死撐到底，甘為片言隻字嘔心瀝血，而只能望「家」興嘆。要是大爺們尚有一點惻隱之心的話，就請收起你的棍子，讓我們爬過作家大家庭的門檻，以便借助那兒的爐火，煮幾個字聊以充饑好不好？

由作家，或者叫寫作人所組成的家，叫作家協會，或者不叫作家協會，名稱不同，實際一樣，都是驛站一個罷了。前面仍然荊棘滿途，同道中人，不論從哪一個門口出來，途中產生不同的組合，都是為了互相照應，互相扶持，而不是互相排擠，互相白眼啊！

談作家之「作」

　　不久前洛城作協搞了個別開生面的聚會，名為「男作家的魅力」。事前接得知會，希望到時給大家講講寫作的心得。幾乎給嚇了一跳，自己本屬濫竽充數之輩，既無文采，更乏才華，何來魅力可言呢！正所謂獻醜不如藏拙，連忙去電回謝了。

　　但是如果一定要講，也不是不可以。

　　就談談作家的「作」好了。什麼叫「作」？這就是「作家」的本事。如隨便拈件小事，東扯扯，西湊湊，無中生有，強行「作」大，便洋洋灑灑，斐然成章。也許像個吹大的氣球，內裡空空如也，不過只要看起來夠玄、夠怪，也就不錯。只是此事偶爾玩玩還行，要是真個以操觚為業，以賣文為生計的話，那將苦哉！在你文思枯竭，而老婆又把米缸敲得噹噹作響時，誰也幫不了你的忙，你便只好拿著筆桿當柴燒，以煮字來療飢了。這又是「作家」的悲哀。

　　當然，如果有地盤，那又不同。賣過豆腐（我們美其名為專欄作家，在報刊擁有一塊或多塊豆腐般大小園地）的人都知道，寫作好比開山寨，產品常常是逼出來的，只要接了訂單，你就是不眠不食，也會準時交貨。我見過一個這樣的場面：在香港東行的電車上，一位作家正在趕稿。有趣的是，坐在他身旁的一位師奶，也在趕貨。只見她膝上堆著一堆線團，兩手捏著鋼針，靈巧的在編織著什麼。好了，等到電車到站，師奶伸個懶腰，把手一抖，一頂小帽便告完成，而我們的

作家先生，剛好也填滿兩張稿紙，不約而同舒一口氣。師奶看見了，不無景仰的說：「先生是寫文章的！」先生倒有點靦腆，淡淡一笑回答說：「爬格子而已！」

這些自嘲為爬格子動物的高人，並不以為自己有什麼了不起，也未必都能運筆如飛，然日試萬言倒是尋常之事。那麼他們憑什麼可以這樣長寫長有呢？問過一位長於此道的朋友，答案只有兩個字：強迫！我想那倒未必。應該是豐富的生活素材，加上敏捷的思路，或還有……

不過須知斷稿兩次，即可能被關水喉。儘管並非一塊肥田，可是只要他主編大老爺一招手，馬上會有上百人爭著來做，請問你敢不敢怠慢？

「長篇連載偵探小說，每天八百字，明天就見報，有沒有問題？」

當然沒有問題。因為你吃的是這門子的飯，正求之不得呢。不過其實有問題。寫偵探小說，想都沒有想過，明兒怎樣「出貨」？

「作！」另一位前輩說，不要怕，只要開了個頭就好辦，好比在水壩旁邊鑿了個洞，到時自會水到渠成。舉個例子：有一天在地鐵站與一名大漢擦肩而過，這本是常事，誰也沒有理會誰，不料那漢子忽然回過頭來高聲叫道：「哎呀老古，終於見到你了！明天下午三點正，等我電話！」話未落音，人潮已把他吞沒，你也被推進了車廂。但你的心一定會跟著地鐵滾隆、滾隆的跳，苦思此人究是何方神聖，找你有何事。於是作者變成了福爾摩斯，抽絲剝繭，尋根問底，假設種種可能，並不斷從記憶中搜尋每一個相似的影子。如此三天下

來，便漸入佳境，寫得似模似樣，連自己都會吃驚何來如此神來之筆了！

　　說是本事也好，悲哀也好，稿匠如工匠，為稻粱謀，「頂硬上」呀！

龍舟與作家

一、龍舟來了

外國人也許還不大會欣賞我們的粽子，但龍舟的鼓聲，已咚咚的在外洋響起。

誰也沒有見過龍，不過龍幾乎是我們的圖騰，它代表著一種精神，一種力量，是神祕、神武、神聖的象徵。因此我們自詡為龍的傳人，並竭力以種種形式試圖把它形象化。可惜至目前為止，能栩栩如生地將之雕塑出來的，似乎只有龍舟而已。連中秋和新年的舞龍，也是稍欠完美。端午賽龍就不同，不僅是一種表演，更是一種競技。一艘製作精巧的龍船，在碧波上輕輕擺盪，已然神氣十足，虎虎生威，一俟鑼鼓敲響，百樂齊揮，人們立即為之振奮，為之歡呼喝彩。原因除了造形獨特之外，主要的，還在於那份來自整體的心和力的展現。因為只要其中一個人分了神，亂了拍，龍舟馬上就落後，就可能翻側，勇士們甚至會掉進海裡去。龍舟就是憑著這種神奇的力量，勇猛地闖進外國的海域，並為外國人所欣賞，而漸漸成為一項別開生面的群眾性體育運動。可以說，這是中國文化一次最特殊、最成功的輸出，也是龍的精神一次最凸出、最精彩的發揮。

二、慚愧

講到龍文化，不由使人想到文學。有些海外華文作家，乾脆自稱文化人，甚至自命為文化使者，是弘揚中華文明的旗手。不過其實，作家們能做點什麼，或可以從中得到點什麼，大家都了然於胸。我們的臉皮太薄，不大願意提及不太光彩的事，可惜別人並未因為這樣就對我們額外開恩。如不久前洛杉磯有個書畫聯展，請了不少名人來為開幕禮剪綵，大家在書與畫之間寒暄酬應，場面不知多麼溫馨熱鬧，可就是沒有一個人正眼瞧一瞧身邊的展品！作為作家協會的會長，我感觸殊多，恨不得逐一扯住他們的衣角，懇求說：請看看我們的作品啦！

那麼，文學是否真的淪落了？我想應當說，好的作品，如好的小說和劇本，還是有人看、有人買的。中國和美國，都出了不少響噹噹的作家，不行的，恐怕就是我們這幾個平庸之輩而已。原因許多，致命的有兩個，一個是市場有問題，一個是我們自己有問題。市場問題我們雖然無能為力，至少還可以設法迎合一下，自己的問題就怕是咎由自取，自作自受了。以洛杉磯為例，所謂作家也者，打響鑼來找，也不出七、八十個人，可是類似作家協會的組織，竟有五、六個之多！這已經是個大笑話，我們還不知自重，老在你們怎麼怎麼、我們怎麼怎麼的，不是互相攻訐，就是自我標榜。如此的不「文」，又如何教人瞧得起你呢！

這些都屬於後天失調，再加上先天不足，就真是無可救藥了。原來不論說得多麼冠冕堂皇，當初搞這一類組織的

人，多少就有點小圈子的意味，目的不外想把一些志趣相投的朋友拉到一塊來，無聊時可以互相吹吹牛皮。到後來，當一些人發覺和另一些人合不來，要另起爐灶，也就無可厚非。問題是，分庭而仍能相對行禮的，又有幾個人做得到呢？

謝天謝地，洛杉磯、聖谷和拉斯維加斯終於傳來了喜訊：三個作家協會聯手搞起特刊來了！這樣的好事，但願會如三水佬看走馬燈——陸續有來！特記之。

難兄難弟

　　大抵是愈落後，民眾愈愚昧的地方，作家的地位便愈高，文人愈好辦事。反正沒有甚麼搞頭，而你是這兒最有學問，最會扯談的人了，咱就聽你的啦！於是你的大作成了篇篇錦繡，字字珠璣，您老也漸漸成為人民心中遙不可及、高不可攀的聖賢。可是到了今日，碩士、博士滿街滿巷，連土包子都成了腰纏萬貫的大腕，唯獨你這個糟老頭，依然兀立煙塵滾滾的十字街頭，搔著頭皮，捉摸著怎樣去改造百姓的靈魂，豈不笑歪人家張嘴，可憐復可悲！

　　除非你有倪匡的本事，能帶人飛天遁地，敢向老板逐字計酬，或比瓊瑤厲害，開卷即能令人哭個死去活來，連紙巾公司都要請你飲茶，不然的話，想拿你的大作換包紙煙，恐怕也要三拜九叩吧！首先你得摸透老編的脾性，投其所好，切莫率爾操觚，亥豕錯置，不然他大老爺一聲哼吱，一切努力都將白費功夫。

　　可你又不能怪責老編無情，其實他腰間同樣綁著根繩索，繩頭一直捏在老板手中。你端的是隻空空如也的石灣瓦砵，他捧的是個燙手單薄的景德鎮磁碗，彼此半斤八兩，都是一副傍人門戶的可憐相罷了。

　　老編還有不少不足為外人道的苦衷，未能為作者們體悉。他老上床三墳五典，下床八索九丘，拚命做足功課，還不是為了給閣下的鴻文添毫加點，為了替老闆多賺幾隻角子！而且在編撰之餘，還必須小心謹慎，務求超然於眾多山頭之

上，不為某方所虜，否則八面唾罵，處處楚歌，不難落得個慘澹下場，而貽笑於文壇咧！

可是有一道關卡，一定要編、寫二人通力合作，和衷共濟，才可以闖得過去。那就是由讀者們所構築起來的萬里城牆。此時作者是馬，編者是伯樂，一個奮力奔跑，一個吶喊助威。等到有那麼一天，大作脫穎而出，一紙風行，你被眾人拋上丈八城樓，則不只功成名遂，光前裕後，還可能成為民眾頭頂一顆閃爍的明星。只是可惜，那個曾經為你殫思極慮，弄得力盡筋疲的老傢伙，此時便得封緘其口，退至台下，做一名忠實的觀眾了。

然而，當你發完了白日夢，重新返回老編身邊，繼續爬你的格子，煮你的字時，還不又是一對牛衣對泣的貧賤夫妻，兩個可憐巴巴的拜把兄弟！不要闖牆了，且讓我們衷誠攜手，赤膊上陣，一齊來推倒那堵城牆好不好？

嚮往土耳其
——推介何森新著《土耳其，值得一遊》

看何森兄的文章，是一種享受。還有什麼比遊山玩水好？而且是坐遊，臥玩！

幾本書讀下來，發覺我們有不少相同的地方。當然他比我強。我兄是一位淵博的學者，多產的作家，不倦的旅行家，洛杉磯文壇無出其右，小弟根本沾不上邊。不過我們確是有些相似。

我們都是廣東人，講話南腔北調。廣東話為中國語言的重要組成部份，走筆時又不免捎上幾句。這非但無損於文字的健康，用得好，倒可為作品添毫。何兄信手拈來，俱見工力；我就常常弄巧成拙，令讀者啼笑皆非。

我也寫過一些旅遊文章，可是何兄的書一出，拙作便黯然失色。我只能談談感想，不若他的鴻著，圖文並茂，鉅細靡遺，有無窮的魅力，教人愛不釋手。

我去旅行，總像鴨子一樣，跟著大群人走。老何可不同，他是洛杉磯著名的「好介紹」，自己馬不停蹄之外，還常常義務為文友搜尋最經濟、最實惠、最好玩的路線和團隊。想出去逛逛，找何先生準錯不了！

受何兄的感召，很想去土耳其走一趟。沒有比《土耳其，值得一遊》更棒的遊記，簡是就是一本教科書和手冊，唯看完之後，大概就不必勞煩何兄帶路了。

我家嫂子

──序岑霞散文集《人在美國》

展現在我們面前的，與其說是一本散文集，不如說是一本寫真集，一部高清家庭錄像集。一幅幅溫馨的天倫樂圖，一句句感人的呢喃細語，將給人留下一份美好難忘的記憶。

女人都希望得到保護，都希望能像貓也似的，有個可以讓她靠傍和依偎的地方。嬌小荏弱的岑霞，尤其需要一個強而有力的臂彎，和一個溫暖寧靜的安樂窩。昂藏七尺、拳風虎虎的鐵漢張炯烈先生，無疑足以讓她放心又安心。沒想到的是，一聲「我家老爺」，形意拳立即變成醉拳，金剛棒也成了風中柳。試想一想，日夕相對數十載，竟然連一句重話都沒有說過，這樣的丈夫哪裡去找！於是嫂子不但滿足了，而且陶醉了，就像當年先生向她跪地求婚一樣，情不自禁，一揮筆，就把一肚子傾慕、崇拜、感恩與愛戀之情，毫無保留傾瀉於字裡行間，使人覺得捧著她的書，就像捧著一缸滿溢的蜂蜜，甜到漏糖。不難想像，那位柔情鐵漢，早已不知醉了幾回。

當然，女人能令男人死心塌地，一定有她的迷人之處。我看岑霞是既能幹又能懶，既能嬌又能悍，從御夫到教女，由治家至為文，無處不蘊涵著一份良苦的用心和貫徹始終的韌力。

找找看，有多少本書可容得下這麼多鍋碗瓢盆、尿布奶瓶，有多少夫妻能如此羅曼蒂克、鶼鰈情深，有多少家庭會這般融洽和諧、快樂美滿！這是竭盡了心和力，好不容易才培育出來的甘美果實啊！這果實就叫幸福。

他們一路走來，倒也平順。由手牽手的心心相通，到「左擁右抱」的親密接觸，再由「橫行霸道」的嘻笑吵鬧，到青山夕陽的踏實安詳，簡樸而充實，艱辛而甜美。這大概就是他們的人生。

岑霞能簡單明瞭概括她的幸福人生，也是一種功力。這筆下的功夫，不亞於她先生剛柔合一、拳棍融匯的真功夫。

於是我們又可以用一句老話來形容這位女作家：文如其人——清爽，利索，婉約，明快。並且同樣用情用心，因而不論造句遣詞，鋪陳承接，都做到細密精準，很有感染力。一句「時時刻刻讓我牽腸掛肚的人兒」，簡直就是愛的宣言，令人嫉妒。一聲「吃飯啦！」，馬上各就各位，開始一場時而抬槓挖苦，時而爭辯不休的家庭樂動畫展。女兒們出門升學去了，害得她「常像遊魂般在孩子們的房間轉悠」，一個慈母形象便活龍活現。最絕是患了敏感症，都可以教人陪她打噴嚏，因為「噴嚏鼻涕打定主意跟我死纏爛打周旋到底」也。甚至連遊罷包偉湖，輕輕丟下一句「我會再來」，也是落地有聲，讓人深深感受到她的筆力。

總之看完這本書，你會為這位主婦的人生喝彩，為這位作家的文筆鼓掌。

我愛作協
——序《文情心語》

當北美洛杉磯華文作家協會二十週年紀念文集《文情心語》上架時，也就是本會第八屆正副會長以及一眾幹部準備卸任的時候。

感謝文友們對我的支持和信住。身為會長，未能做出應有的貢獻，深感愧疚。不過幹部們已經盡力，所有會務都做到合情、合理和合法。我們是由全體會員選舉出來的，大家要我們做，就該認真去做。為會員服務是我們的職責，也是權力的所在，選票就是任命令和授權書。但也絕不戀棧，會長不是家長，期滿就將所有職權和事務交出，爽快下台。經驗告訴我們，協會必須制度化，民主化，一屆歸一屆，清清楚楚，不拖泥帶水，才能成為一個正規的、純學術性的團體。在大家都為文集的出版雀躍不已，為下一屆的選舉敲鑼打鼓之際，我謹呼籲，請對這個飽經風霜的組織多加呵護，不能再讓她受到傷害！

服務固然是一種動力，但如無多方扶翼，也沒有足夠勇氣和力量挑起擔子。衷心感謝游芳憫、王逢吉、鄭惠芝、紀剛、黎錦揚五位顧問和各位理、監事的關愛和指導。特別是教育家、慈善家鄭惠芝博士，肩負重任，且遠居台灣，依然心繫作協，每次來洛城，總不忘和幹部們見個面，勉勵一番，令我們深受鼓舞。

作家是孤獨的，寂寞的，所以才參加作家協會，希望可以找個伴。加入了協會成為會員的文友，無疑都是作家。但衡

量一個作家，不是看財富，看社會地位，而是看作品；再怎麼樣，也得有作品，才稱得上作家的。因此決定出版文集，以展示我們的實力。

作家的文章，有點像廚師的手藝，川粵湘魯，各有千秋，不能說誰比誰出色。而編輯小組的幾位成員，就如餐館的侍應，只能負責分內的工作，文責就要作者自負。通過這樣一次盛大的、以文相會的方式，加強文友之間的溝通、交流和合作，也是出版文集的目的之一。而且書籍要比期刊更具收藏價值，就當留個紀念也是不錯。

再次感謝各位！

美人如詩書如人

——序劉於蓉《香車美人》

文友劉於蓉小姐曾經為拙著寫過序，常言說，來而不往非禮也，於是就有這篇東西。

像面對一位馬上要登台的花旦，我能做些什麼呢？補妝輪不到，只有鼓掌和說幾句恭維話。反正女人喜歡讚美，有時明知是廢話，你也會說：「哇！你今天真美！」而書序，也不外如是，真像給一名濃妝艷抹的美女添妝，雖無用，不過也無妨。

但我們說劉小姐美麗，卻是實話，她早就有「大美人」的雅譽了。她的美來得有點艷，有點炫，可又不是勾人心魄、攝人神魂那一種。有她在場，你會覺得眼前分外明亮，氣氛分外融洽。姣好的樣貌，主要是熱誠的態度與圓活的溝通技巧，給她帶來了無比的親和力和凝聚力，並順理成章使她成為多個社團的領袖。

然而，凡事皆有兩面，美貌有時也會對女性自身的事業構成障礙，而「美女作家」又最容易遭此不幸。好比於蓉，作品於她無疑有烘雲托月的作用，可以把她拱得更高，可是人們的眼睛也因此瞪得更大，彷彿在眺望著一顆閃亮的星星了。著名作家紀剛先生曾經調侃的指出：這麼漂亮，我只顧得看你（指她的照片，上一本書的封面），就顧不到內容了。

顯然，戲言中還有更深一層的寓意：女人應該更多的展露她的內涵，不要讓過於華麗的外觀掩蓋了更動人的一面。

於蓉其實一直努力這樣做，三本書就是證據，無奈人生太像一張平放著的紙，被壓著的背頁常常被人忽略了。作為她的文友，唯有希望她再接再厲，以更亮麗的成績轉移公眾的目光，也希望她周圍的朋友們，把直楞的目光收斂一下，靜心看看她的書，那樣我們將會發現，在平實洗鍊的文字背後，有一個清麗優雅、淳樸高潔的靈魂，在誠摯的低語：我們要真、善、美，不要偽、邪、惡；我們要愛、要友誼，不要仇恨和殺戮！

與雅緻的小帽、悅目的裙裾大異其趣，書中，她言詞樸拙、懇切，不加絲毫矯飾；與時興的「軟性文學」、「男人寶貝」大相逕庭，她避開敏感的官能刺激，不以性取寵，而以悲憫情懷，古道熱腸，揭示她對世道人心的感悟，從而直接觸動讀者的心靈。捧起她的書，很快你會發覺，如果不是有一股濃濃的脂粉味，她似乎更像一位道貌岸然的老師，一位諄諄善誘的道長，一位大慈大悲的菩薩……

這個女人很奇特！在外頭，她長袖善舞，八面玲瓏，是個女強人，可是回到家裡，為了給丈夫弄一碗羅宋湯，繫上圍裙，立即就是一名稱職的「煮」婦；為了遷就丈夫的興趣，又能無怨無悔，甘願獨擁寒衾，做一名寂寞的「足球寡婦」……

尤其令人訝異的是，一位如此端麗高貴、玉指纖纖的尤物，竟然先後收養了五、六十隻流浪貓，讓偌大的華宅變成貓的戰場和樂園，而且每天黎明，還必定親自為牠們調配飼料，清理糞便。一隻小貓不幸被狗咬死了，不禁愴然惻然，悲痛萬分，而一條小魚意外地幸得重生，又會手舞足蹈，雀躍三百。

有了這種意念，她所做的一切，諸如為受到不公平待遇的小醫師叫屈，為因一時糊塗誤入歧途的少年請命，為身陷囹圄卻從未謀面的西裔婦人奔走等等，自然一律視為義不容辭、分所當然之事了。

天生麗質難自棄，作家好像也沒有忘記自己是個美人兒。不過難得的是，她除了珍惜這份天賦的容顏之外，還期望能和大家一齊──對不起，請買本書啦！這才是我真正要說的話，因為只有這樣，才能共同來打造、雕塑我們的另一面──一個更完美的內在世界。

不會錯的，書和女人一樣，只有好看和不好看兩種。而這一本，雖然我只看過一部份稿子，也敢說，無論是其人如書，還是其書如人，都會是大有看頭的！

想起一位高人

今年洛杉磯文壇流年不利，是非忒多，好幾位作家、編輯相繼捲進纏繞不清的轇轕中，不能自己。這倒使我想起一位遠方的朋友——紐約《僑報》那位立場超然，既不斥棄異己，也不阿諛所好的老編陳楚年先生，和他手中那塊仍然堪稱淨土的副刊。

在洛杉磯，我可能是《僑報》最老、最忠實的讀者與作者。剛由週報改為日報，副刊還在香港編輯時，我便僥倖爬上了報紙屁股，成為「專欄作家」。那個專欄還是《僑報》副刊第一個付費的外稿，而且稿費一直是最高的。這使我汗顏，也給了我莫大的鼓舞與鞭策。在那段日子裡，我確實十分用功，結果也幸運地得到了讀者的支持和嘉許，於是文章也就「咕咚、咕咚」地斷斷續續冒出來，作者也儼然成為「作家」了。這首先要感謝當年的編輯牟治中先生（現任《僑報》論壇版主編），如果不是得到牟先生的關愛，可能就不會有今天的「古冬」了。

大約是在九一年初夏，副刊由陳楚年先生接手主編，報紙也同時改在紐約直接排印。一份報紙辦得成功，副刊的主編功不可沒。陳先生不僅是一位淵博的學者，同時也是一位用心的編輯，副刊經過他的耕耘，立即面目一新，並且迅速凝聚了眾多作家，以致異軍突起，一躍成為北美地區兩份最有份量、最具水準的中文報紙副刊之一。但即使在百忙中，先生也未敢稍有鬆懈。長短不一、莊諧各異的文章固需細心篩選與舖

排，就是如何令版面看起來更美觀悅目一點，每天至少也要花上一兩個小時，而不是隨意地畫幾個框框便了。因此擺在我們面前的報紙，就像一位品貌兼備的美女，一席百味紛陳的饗宴，既能給人驚鴻一瞥的喜悅，又經得起慢品細味的咀嚼。許是各有所好吧，據我所知，不少人買《僑報》，為的就是要看他的副刊呢！

海外鮮有純文藝雜誌，副刊益顯重要。她非但是作家的搖籃，其編者更可說是作家的保姆。而陳先生不啻是一位好保姆，他愛護作者，關心作者，最後也贏得了廣大作者的尊敬與愛戴，並與不少作家結成好朋友。大家提起他，都是景仰有加，推崇備至的。

許多文友以為陳先生來自大陸。那是個想當然的誤會。不錯，他祖籍江蘇，但成長於台灣，並畢業於台灣淡江大學中文系，然後留學法國與美國，是巴黎大學文學研究院、紐約聖約翰大學亞洲研究所的碩士。要認識一位作家，先要讀他的書，找機會看看他的舊作，如那些描寫在台灣際遇與回大陸尋根的散文，那麼對這位名副其實學貫中西的文學家，當會有所了解。

陳先生編務繁忙，不算一位多產作家，但偶然出書，均為佳作。細觀其遣詞用字之精熟洗鍊，走筆行文之沉鬱放佚，你不難發現，在深厚堅實的文學根基中，還渾然滲進了玄學與科學的成份。這是博聞強志，並長期浸淫佛典，沉酣經史的結果。看他寫紐約華埠，看他那些雋永精緻的小品與小詩，誰不嘖嘖稱好！特別是，看了新近推出的鴻篇巨製「三國人物仰觀」與「關羽傳」，更可斷言，「三國」權威非君莫屬矣！

　　絕對不是因為他不退我的稿，感恩圖報來肉麻一番。陳先生研究文學，數十年如一日，尤其難能可貴的是，自始至今，一直未曾離開過文學崗位，這份熱誠與執著，說出來已令人欽羨不已，敬佩萬分，更何況身處紐約！正如王鼎鈞先生所說的：「紐約是何等處所，拜金崇洋，務新求速，都是再正經不過的生活態度，不然，戰馬（麻將牌也）鬥虎（吃角子老虎機也），也是「邊緣人」安身之道，而楚年尤能涵唐詩宋詞，細說紅樓三國，而且居文學資訊四衝之地，關心兩岸同文成住壞空，這些都不能給他增添收益，衣帶漸寬，只是自得……」這樣的一位高人，還在乎一個無名小卒的「吹捧」嗎？我是因為看了洛杉磯文壇一連串令人心痛的糾紛，感喟之餘，慶幸身邊還有一股冽冽清泉，在沁人心脾，還有一位心如其貌，清朗灑脫，超然於物外的高人，樂意做我們的朋友。如此而已。

附　錄

瘂弦教授的來信

古冬先生賜鑒：

　　收到大著《食色男女在異域》和北美洛杉磯華文作家協會二十週年紀念文集《文情心語》，非常感謝。

　　先生文章，雋永有趣，我很喜歡讀。人常說某某人博學多聞，先生正是博學多聞之人。一般純文藝、純抒情的散文，乾淨得過了頭，讀起來反而沒有勁道，我喜歡烟火人間的雜文，端出來的是熱騰騰的人生，如假包換。讀《食色男女在異域》，就有這種感覺。

　　中國人一到了國外，生活故事倍數增加，可寫的東西很多，但海外很多華文作家都沒有觸及到。過去周腓力寫了一些，可是腓力謝世了。古冬先生的出現，使我們眼前一亮。

　　會長要推進很多會務，一定佔去了你不少的寫作時間，但為文壇服務，意義也很重大。文藝活動如果有軸心思想推動，活動就變成運動了。活動可能被人遺忘，但如果變成運動，就成為歷史的一部份了。所以會長一職，值得拼博！祝福

　　　　人生
　　　　是那麼複雜
　　　　因此
　　　　我喜歡帶菌的文章

瘂弦上
2009.8.23.

註：瘂弦，本名王慶麟。曾任《聯合報》副總編輯兼副刊組主任、《聯
　　合文學》月刊社社長兼總編輯、《創世紀》詩刊發行人、《幼獅文
　　藝》期刊總編輯、華欣文化中心總編輯。編有《聯副三十年文學大
　　系》，著作甚豐，並榮獲藍星詩獎、好望角詩獎、東元文學獎詩
　　獎、最佳副刊金鼎獎。
　　瘂弦的成就不限於文學方面，他多才多藝，1965年主演電影國父孫
　　中山先生，獲最佳男演員金鼎獎。

讀古冬《食色男女在異域》雜感

古冬先生：

　　大著《食色男女在異域》是我喜歡的書之一。喜歡有三：一、選材新鮮，我收到的海外書，多數是詩集、散文集，再就是學術論集，像這樣豐富的談地域文化，是第一次收到。二、寫法新穎，對一些讀者關心的事，想知道的事從不回避，而且還是以專門視點切入。三，把飲食、女性、文化、趣事，融在一起，大膽談女性，也是第一人。因有這三個特點的原因，我把這本書裝在我的背袋裡，出門參加活動都帶在身上，不論在地鐵、公交車或什麼公共場合，只要有時間就拿出求看幾頁。這輩子我沒有條件出國，因為我不是官，中國的官只要上了任，就有出國考察權，幾乎每年一趟，短短的四年任期，也就遊遍了世界，而且是公家化錢；再就是我是窮詩人，連出本書也要自掏腰包，千方百計弄幾個臭錢，大部份花在出書上了，出了書又賣不出去，送人還要搭上郵費錢，被多數人稱為「傻子」。但這本書卻切中我的下懷，補了我沒出國這個遺憾。它非常形象具體又生動活潑的介紹了外國，例如美國、日本等，這些地方，都被那些從海外考察回來的官員們，形容得神乎其神，所謂的美國紐約金融中心，高樓聳立，對酒當歌，可謂是世界迷人的天堂。華爾街呢，世界聞名，世界文化的中心，那些大款老板，令人眼紅的商科碩士，一流的食宿，一流的交通，住在頂天大廈，真是遍地都是黃金，今讓古冬這麼生動的一寫，就更具體、更形象，也更有

內涵了。至於那些所謂國內的傳說，畢竟是傳說，不如古冬生活在美國，切入其間的了解的多，理解的多。經古冬一描述，所謂的紐約天堂，畢竟是有點老了，也太矜貴了，就是最堂皇的美侖美奐，也會有些嘈雜之嫌；是的，華爾街是舉世有名的金融中心，古冬介紹有趣的內隱，是如何掙到大錢，而那個錢也不是輕易得到，那些商科碩士為了那幾十萬的收入也是用盡了心血啊！到了華爾街才知道這個錢字的高尚，這個錢字的艱難，錢字的真諦啊！就是一個擦鞋工，一年也有上十萬元的收入呢！

錢啊既可使你一生俱榮，又可使你一敗塗地！任何事情，都有兩個方面，美國的經濟發展，是可觀的，也是他強盛的原因之一，但隱含的病因也不是短期就能消除。古冬的文章也就在於，它講了它不足的另一面，包括紐約、華爾街，它所折射出來的陰影是令人可懼的。

再就是食與色。這本書以寫色而引人注目，這個色是人人之觀注之，沒有哪個男人或哪個女人，不觀注色、不食色的，只不過食的方式角度不同罷了。食色實際是講人的一種本性，書中講到的「十味」和幾種類型，在當代儘管說法不同，不同角度的說法在大陸也在流傳，但流傳歸流傳，真正寫到書上，大陸上的人基本上都缺少這個膽量，畢竟大陸還是孔老二的故鄉，重男輕女還是根深蒂固。總把男人抬得高高的，女工人呢還是輔助角多。就連天安門前的華表，樹立的也是陽物的象徵，而回避女性的陰物。外國的女工人可以當總統，當總理，要在中國當總理，當皇上就難了，一個武則天，一個慈禧太后，讓人吵了多少年，罵了多少年，好像她們當一個皇帝是多麼的不應該。《金瓶梅》這部小說，由於其真

實的寫了色，在國內只能偷偷流傳，不能公開出版，就是出版也要把寫到色的句子統統刪掉。不過近幾年的改革開放對女性的地位還是提高了不少。至於對女人「七品」之說，看起來是一種貶，實際也是一種關注，不管準確與否，貶也好，褒也好，在場合上是公認的，總體看待女性的「色」是看重的。例如，在飲食、賓館、商戰上的攻關，都喜歡用女性出馬，所以，各式各樣的公關小姐比比皆是；漂亮的女性出門攻關，和男性出去辦事成功率就是不一樣。色是一種價值，色是一種份量，所以，歷史上說「傾國傾城」的道理也就在這裡。這些年來大陸人的情感生活，也發生了巨大的變化，在文藝場合上展示出來的就更加明顯了。雖然如書所說男人是「剛烈和強壯」的象徵，女性是「清純和雅潔」的象徵，其實「色」的呈現率比任何時候都顯得有亮度。

　　古冬書中把一個色字，寫得活龍活現，生動有趣，寫出了學問，寫出了藝術。實際上，不同文化的國家，對女性有不同的視角，有不同的感覺，不同文化的表現。古冬書中不少細節寫得淋漓盡致，生動活潑。例如寫到日本的婚禮，故事不僅有趣，似乎還有點詼諧。總之，五色的世界，多彩的文化，於是對色的對待上，也異彩繽紛。據說，外國人對女性的態度，從根本上就和中國人不一致。例如外國人見了婦女，不管老人或少女，都要擁抱一下，親一下，這是一個友好的禮節。書中寫道的：「擦亮眼睛，直勾勾的看，色瞇瞇的看」，被看的女人也是「輕輕鬆鬆，落落大方，當你不存在」。這是多麼有趣的事！然而在中國，這可是件非常有分寸的事，見了女人不能隨便擁抱接吻，如果自己的妻子讓別的男人擁抱了，接了吻，他可要氣死，甚至殺了你。不少人看

來，妻子是男人的私有財產，別人無權擁抱接吻。所以，現在一些大老板，可以在家包幾個二奶，多找幾個情人。當然，開放一些的女性，也是有的，只是極少數，例如在家養一下「男寵」。這種現象雖然個別，也能看出女性地位的變化。隨着金錢地位的升值，我相信食「色」也會出現一些奇特的現象。

書中，講到「作家」這個名份的演變，也怪有意思。作家在商品怪物的衝擊下，大陸文壇出現了奇形怪狀，不少人是為了標榜自己多麼有文化，也有人寫幾篇文章，只為升官發財，混一個作家名份充數而已。當然，真正的作家，又不要作家名份的，也有。為了寫出好作品而臥薪嘗膽者，不乏其人啊。書中講到的那種「互相照應，互相扶持」，在中國的五六十年代，還是真有不少這樣有品格的作家的，不過在當代，值得人們稱頌者是極少了，反而互相排擠、互相白眼者添了不少。

書中寫道一些國家的飲食特色，真是五彩繽紛，令人垂涎欲滴，眼界大開，具有很大的吸引力。但是我最關心的，還是那些走向異國的華人。當然他們大都飲用有居，勞有所得，不過初到海外，起步艱難者，相信也為數不少，更不要說得到「綠卡」，住進舒適的樓房了。書中寫到的一些現象，如出國申請，「種種借口，不同理由，都不成功者」，不在少數，對於這一點我也深有體會。在九十年代初期，我曾為一個孩子辦過出國學習的手續，按學校提供的材料，理應給予辦理的，可是，我在北京辦了幾次都沒有辦成。出國難啊！書的作者，總歸是身在海外，不在國內，不了解國內情況，現在是有錢才能出得國去，沒錢的人要想出國是很難的，甚至是不可能的。所謂偷渡者大都是生活所迫逼出來的。異國是一道亮麗

的風景線，你站在那邊，我站在這邊，在我的眼中它是海市蜃樓，可望而不可及的幻影而已。

我十分崇賞古冬先生這種堅忍不拔的毅力，學過新聞，當過編輯，是大廚又是老板，廣採博學，神通廣大，寫出了不少重要的令人喜歡的巨著，所以，我突發奇想，什麼時間先生來到大陸北京，見上一面聊上一聊，那也是一種幸福啊！

隨便一寫，不像書信，也不像書評，算是一種雜感吧，供你一笑！

王耀東
於 2009 年 10 月 15-22 日北京

註：王耀東。《人民日報》與《人民美術》編審、中國文化部中國文化專項基金會秘書長、世界詩人協會名譽會長、世界文藝家聯合會名譽會長、哈佛大學《美中社會與文化》特約編委。

搖扇輕笑中餐事　逍遙人生莫記愁

——記中餐專欄作家古冬與他的餐館雜文

吳振興

　　古冬，本名張袞平，乃廣東台山人氏。七八年由香港移民至美國東岸。始便進入親戚餐館打工，潛心苦學，廚藝漸見出色。後轉至波士頓繼續中餐工作，曾在當地最大餐館任頭廚。輟筆十三年後九一年重執筆，寫出了著名的《牛狗篇》系列餐館雜文，其對中餐生活細節描寫入木三分，文風活潑詼諧，深受廣大讀者尤是餐館業讀者的歡迎。之後古冬陸續寫出多篇膾炙人口的餐館雜文，聲名鵲起。九三年他隨子遷到西岸洛市開了自己的一家中餐館，其後又勤寫不輟，後逐漸淡出中餐業，但仍然關心中餐業及續為讀者貢獻「古冬式」的趣味雜文。而值得一提的是「虎父無犬子」，古冬先生兩子一為博士，一為碩士，均事業有成，足慰古冬之心也。

　　本文就是欲借古冬先生的一些著名文章，來述說一下這位「亦餐亦文」人士與中餐業的一些淵源與故事，試圖讓讀者們借助本文，對古冬其人與其文及與其時代背景相關的美國中餐業有更深一些的了解。

一、古冬也是廚房牛

　　古冬，這個有點「怪氣」的名字，相信許多《中餐通訊》的讀者都不會陌生。因為他的不少餐館雜文曾在那裡刊登過，而且一登出來，讀者的反應都是相當熱烈，特別是有過餐飲業經歷的讀者讀後，幾乎是感觸得要「熱淚盈眶了」！

　　一九九一年，東岸《僑報》刊登了古冬第一篇，也是具代表性的篇章《牛狗篇》。這輯文章登出後引起了頗大的反響。讀者均悅文章寫得真實、生動、形象，實在很感人。的確，《牛狗篇》首篇《牛肉——大菜》以一個小故事啟頭，一個新來的企檯小妹叫「呵打」，一開始叫了個「牛炒飯」而在廚房裡掀起風波。大師傅為什麼聽見「牛炒飯」就一臉不高興呢？於是主題便掀現了。

　　《牛狗篇》的開頭寫得令人發笑，企檯小妹「首次上工叫餐，鄭重拘謹中有點羞赧，像鄧麗君唱歌，輕輕柔柔地說『牛炒飯』」。但引出主題後，內容就變得嚴肅與感觸起來了——然則唐人餐館是否很易為？非也。早上操刀，午後炒鍋，除了要有足夠的體力，還要忍受長時間工作的煎熬，有人說，初入行時，簡直如同上刀山下油鍋……行業裡流傳一句話：「廚房牛，企檯狗」。敬業樂業是一回事，自尊心是另一回事。牛肉炒辣椒，習慣上都叫做辣椒牛，大家都不說牛做什麼的，你說「牛炒飯」就犯了忌諱。有人說這是廚師與企檯之間的互相攻擊，我看同一條船的人，未必如此刻薄，可能大家辛苦之餘，自謔而虐之罷了！

《牛狗篇》是以一種貌似輕鬆實則沉重的筆調描繪了餐館人的辛酸，寫來極之真切與富感情色彩。許多讀者讀後必定要問：「作者應該也是個餐館同行吧？否則，未有過餐館經歷的作家哪知餐館人真實的辛酸滋味呀？」的確，沒有親身經驗，是絕對不能寫出如此真實感人的作品來的。但古冬卻也不是那些為創作而「委屈求全」的作家。他是一個真真正正的餐館人，兢兢業業。在一九七八年從香港來美，就一頭栽進餐館裡勤勤懇懇地幹了起來。他一直都在烏煙瘴氣的廚房裡做「廚牛」，憑着一腔熱情與一股韌勁，邊做邊學，菜餚也漸漸地炒得出色起來。從打雜、幫廚到頭廚，經歷也不可謂不曲折。正因為他一心做「廚房牛」，所以對其中的酸甜苦辣，自然是洞悉不過了。後來，他開了自己的餐館，所以便也有了《餐館老板》的台相了。

二、投「鑊鏟」從寫作　十載「廚牛」訴心聲

　　古冬來美之前，卻是個從未執過「鑊鏟」的文藝人。他少小離家去北京、上海求學，然後一直從事編輯、編劇工作，文學的底蘊不可謂不深厚。六十年代，他又南下至香港，曾做過多個行業，就是沒有入過廚房。其間他開始寫小說、散文，峰茫初露。七十年代，為了家庭、孩子，或許也是漂泊慣了，他又飛越過遼闊的太平洋，來到了美國。那時候正值中美恢復邦交不久，中餐業正處在一個欣欣向榮的時期，大多的華人也選擇了中餐為職業，所以古冬來美後，也自然地進入中餐館打工謀生了。《三傻移民》中他講過自己當初的理想與志向是開一間照相館，因為他自己是個「攝影發燒

友」。但他的努力卻在一個親友的結婚照拍攝中自砸了「老牌攝影家」的金漆招牌，之後一於「收心養性」做個真真正正的「廚房牛」了。

由一九七八至一九九一年，十三年的悠長時光，古冬真的再也沒有拿起筆來寫東西。他說「十多年來，沒有看過一本書。最了不起是寫了兩封長信，一封是初到美國時寄回香港向朋友伸苦，一封是回答朋友一些移民與留學的問題……」。

這期間，他一直在餐館裡埋頭苦幹，就如《牛狗篇》裡的餐館人一般，每日十幾個小時在「一百多度」高溫的廚房裡煎熬。苦則苦矣，但古冬卻能堅持下去，而且還幹得有滋有味，並且也滋生了一份情感。「餐館人聊餐館事」這事毫不驚奇，但「餐館人寫餐館事」卻頗為鮮見，在美國中餐業他或屬第一人。所以寫出來後，自然擁有大批的餐館同行的讀者，畢竟物以稀為貴嘛！況且，這樣趣味橫生、生動形象有血有肉的餐館雜文，更如一塊香味四溢的蛋糕一樣，深深地吸引了我們的讀者。

古冬說，當初他並沒有想過再拿起筆來寫文章。但在一九九一年，那時他還在波士頓繼續做餐館工，入行已十多年的他，對餐飲行業的事情可謂已瞭如指掌，而文章的原始素材也在不知不覺中疊積起來。此時，有一位朋友勸他說不如重新提筆寫點東西吧！畢竟十幾年的餐館生涯了，紀念也好，感受也罷。古冬覺得聽來有理，便在「心血來潮」時首先寫下了一輯《牛狗篇》，並很快見報發表了。

三、困難時期的《宮保雞》

　　也許古冬並沒有想到他「靈感乍現」的《牛狗篇》會如此的受歡迎與讚賞，之後備受鼓勵的他一鼓作氣，連接寫了諸如《餐館老板》、《宮保雞》、《大厨若奇》等精彩雜文，每篇文章都無不與餐飲業有着最直接的聯係，無不將餐館大人物小人物描寫得維妙維肖、活靈活現，引人發笑之餘又讓人回味不已。

　　古冬的《牛狗篇》及跟着的一些作品，幾乎都與一九八九年至一九九一年的背景有極其密切的關係。那個時期是美國經濟的一個困難時期，用古冬的話來說就是「比現在還要惡劣一些！」。中餐業在經歷了八十年代初鼎盛期後，首先就因為一個「宮保雞」與「陳皮牛」事件令它信譽大跌，生意也一落千丈不復舊日時光了。古冬的《宮保雞》說的就是這件對中餐業打擊沉重的事件。當時他也與同行一起苦熬着這個「中餐業的冬季」，其中滋味，自然再清楚不過了。惜乎因種種原因，我未能看到這篇《宮保雞》，但據筆者了解，這件發生在一九八九年的「健康食品風波」，實在是轟動一時。當時著名的「科學公益中心」突然作了一個舉措，就是推出一個足以令中餐館「心驚膽顫」的消費者報告。報告說道他們最近對中餐食物宮保雞、陳皮牛進行一項油脂抽測，竟發現這兩樣一直頗受中西食客稱道的菜式居然含油量驚人。他們的結論是一份宮保雞、陳皮牛的含油脂量竟是四份漢堡牛肉的總和。這份報告很快通過各大報刊電視傳媒傳遍美國，令西人一度談中餐色變，中餐館自此運途由旺變衰了！古冬先生在事件發生兩三年

後仍念念不忘這個「宮保雞事件」，並親筆錄下，足見此事在中餐行業的年代記事薄上，實在應記下重重的一筆。

古冬先生對此事件有自己的見解，他以為中國人吃宮保雞或陳皮牛的方法與美國傳統方法大不相同，而其中的差異，就導致美國民眾對這兩道菜餚產生不同看法，此也許乃為中西方吃文化之差異吧！

四、難忘的一九九一

而在「宮保雞事件」之後，中餐業又遇上了美國經濟大蕭條時期，大批公司企業倒閉的倒閉，裁員的裁員，一時間消費市場冷冷清清無人問津。此時的中餐業更是雪上加霜，度日艱難。古冬也同樣經歷了這個更陰寒的冬天，他在《難忘的一九九一》中，就以一種調侃在外滄桑在內的筆調記錄下當時的炎涼世態：「一九九一，是一個難忘的歲月！美加華人的餐館業績，緊隨着美加經濟大衰退，跌至低谷，生意一落千丈，牛狗們紛紛失業，不知何時才有翻身之日。這是一次大劫難，大家像被倒在一個篩子裡，能逃出天生屹立不倒的，真值得殺雞還神了。」

此文本附在《餐館老板》專輯裡，所以它也重點描寫了當時老板的心態，描繪的話語雖略顯尖酸，但卻也頗為客觀真實地描出當時中餐業的艱難景況：「每天至少有十個人問工，都說少給幾百也幹。可惜沒有生意，再這樣下去我也關門了！冷語冰人，更而意在言外：現在我是照顧你了，你是想多做一點，還是少拿一點？」當時的中餐館確是門可羅雀，大批的人剛被愁眉苦臉的老板給辭了出來，而找工的人又將他團團

圍住，的確難矣！古冬雖然極同情打工者，但不失公正地也為老板們說上句公道話：「要開源節流，也是無可厚非，更可能是老板們唯一的出路。不幸丟了飯碗的弟兄們，唯有暫時勒緊褲帶，各自端來一杯咖啡，加入華埠餐廳的人堆中，你眼望我眼，期望有一天神跡出現，接載返工的汽車從天而降，於是大家呼嘯而上，重返征途。」

在這值得附帶一提的，在《餐館老板》專輯的其它兩篇文章裡，乃純粹以寫老板人物為主。第二篇《大丈夫出巡》是描述了當大老板的風光，前呼後擁，駟馬高車。但在末尾卻以一句「捱下啦！細佬，不捱怎會有世界！」點出主題。古冬想告訴我們，特別是初入行者，大老板風光背後是從一個打雜仔一步一步地捱出來的唷！而第三篇《癲狗與湯圓》，則是兩個相當有趣的小故事。一個是動輒給人一輪機關槍的「癲老板」，一個是兩棍子打不出一個響屁來的「悶老板」，兩個極端鮮明的對照！

古冬在《餐館老板》裡，對艱難處境下餐館老板的心態及各種老板人物的描寫，實在是構造得活靈活現，讓人看來忍俊不禁，拍手叫絕。這也充分反映出古冬「餐館人」的本色及其出色的創作能力。

應該說，古冬的雜文「遊子逍遙」盛產期應在一九九一年至一九九三這個時期。在這個時期裡他重執文筆，投入一股澎湃熱情與創作欲望，將他十幾年來累積的經驗與素材一股腦傾注於內，從而創作出不少為讀者津津樂道的佳作。這些作品大都完成於他的東部生活中。後來，約一九九三年，他與兒子遷到西岸的南加州，在那裡，他終於擁有自己的一家中餐館，也從那時起，他開始逐漸淡出中餐業，也開始了他的

「逍遙」遊。在《中餐通訊》的專欄裡，有一段這樣描述他的文字：「古冬，一位食色性也的信徒，還喜遊山玩水，舞文弄墨……」前面已提過，古冬一生漂泊不定，從家鄉台山「飄」到首都北京，然後又至「東方巴黎」上海，再至「東方明珠」香港。之後棄所有物業而遠赴美國東岸，毅然將自己投入廚房中苦修二十載。一生之變遷，實非常人所及，從此可反映出古冬之遊子性格，厭靜喜動。現年歲稍大，都仍「未遷夠」，又一下子從東岸遷到西岸，並且開了餐館。但開了餐館並不表示他要成為《大丈夫出巡》的大老板，那也許並不是他的理想。他經營不久後便放手讓經理去打理，自己則一於「逍遙自在遊」，品味人生的優悠樂趣。那時候的文章，就多為遊記。如《西班牙鬥牛》、《逛賭城說賭博》都為讀者熟悉之作品。在這還想一提的是，古冬先生的遊記文章也寫得相當不俗，奇妙的遊歷描述之餘，常常帶出一些嚴肅的人生問題或公共議題，並往往也能留給讀者們一些深思與啟示。

五、《吃蛋罵蛋》，罵得精彩

《牛狗篇》、《餐館老板》等乃以活生生的生活原型為主角、或真實時代的背景為主綱、故事性甚強的餐館雜文，而古冬同時也寫了不少與中餐業相關的事物，或者我們可以把它概括為古冬對中餐飲食文化一種評說與探討吧！諸如《祖傳祕方》、《吃蛋罵蛋》等精彩篇章。

《祖傳祕方》講的是台灣公司「連破三關」，一口氣奪下天津狗不理包子店、北京全聚德烤鴨店、成都陳麻婆豆腐店三大名吃的台灣獨家代理權及技術轉讓權。作者甚有其事地

稱此為飲食界一件大喜事，因「一個包子、一隻鴨、一塊豆腐」竟有如此空間，可以進行技術轉讓！接下來，便開始了古冬式的辯證了，說「每件東西總有點與眾不同的竅門與奧祕，我們不難做出肉包子與北京鴨，只是美中不足，始終欠缺人家點兒難以捉摸、難以言宣的東西。」末了，古冬還是與餐館人脫不了勾，指出餐館師傅對調料配方祕而不宣，生怕一不留神就被人偷走，殊不知「就算公開配方，也不是人人學得來。」文章儘管不失幽默調侃的本色，但始終有觀點藏在裡面，就是真的「私伙」也好，「祖傳祕方」也好，絕活就是絕活，非常人可以學得到，不妨大方磊落一點！

而他的《吃蛋罵蛋》，看題目我們已忍不住要發笑了，再看下面的內容更要大笑一頓，文章裡用詞之精妙，串句之流暢，我不禁要嘆為觀止。

「蛋真不幸，而且太不公平了！絕非自今日始，也決不是為了健康問題，早在人們懂得吃蛋那一天起，蛋便已成為被人奚落和詛咒的對象了。……『蠢蛋！』、『笨蛋！』懵懂加上粗枝大葉，經常摸錯廁所的人，被人罵兩句是難免的事，不過如果改罵一聲『糊塗蛋』，自尊心未致那麼嚴重挫傷，倒似乎比較容易受落。

『混蛋』則與『混帳東西』同義，只是罵得更具體更形象化了。

對於壞男人，如佔了女人的便宜還到處說風涼話的下流胚，罵他一聲『壞蛋』是最恰當不過了。……而專門在背後搞些小動作的人，準是『小搗蛋』無疑了。

阿福平日讀書不用功，考試得了個『零鷄蛋』，氣得他的老子吹鬍子瞪眼：『再這樣下去，你的前途就完蛋

了！』……同是一句『你這個壞蛋』，仇人相遇悖然色變破口大罵，跟小情人欲迎還拒嬌羞萬狀柔聲薄責，簡直如同炮彈與冰花燉蛋，完全是兩碼子的事。不過不管你是哪一個罵法，吃蛋之人動輒罵蛋，總讓人覺得有點吃碗面翻碗底之嫌。你要罵人就罵好了，蛋與你何尤，又沒有吃壞你的肚皮，幹嘛非要扯它上陣不可呢？

再罵下去，古冬恐怕要被人擲臭蛋了，還是走為上着，早點『滾蛋』為妙。」

六、情繫中餐心不老

可以說，古冬的餐館雜文精粹不僅僅是道出一個真實的故事、揭示種種社會現象與反映人生百態，他的豁達開朗的人生觀，對從事行業的熱愛，對人對事的直接與真誠，都是值得我們尊重和學習的。此外，古冬先生近年雖已逐漸淡出他為之奮鬥廿載的中餐業，但依然能以一個餐館人的心態關心着美國的中餐業，依然不間斷地為我們的讀者寫出風采依然的「古冬雜文」。其中一篇《走埠歸來》便是他在移民洛城後寫的。

故事主角阿炳乃一介爛賭之徒，雖廚藝出色但賭藝更為「出類拔萃」，最後終於逼得要遠走「腳踩是冰塊，手觸是雪，放眼望去盡是白茫茫一片，大步一點跨出去，也會摔個半死」的阿拉斯加。在那裡「一個人除了掌勺還要兼顧抓碼與『晒鑊』，一輪衝鋒，碼櫃裡的東西用光了，真能叫你急出尿來……你知道阿拉斯加冷得多離譜，你要用的肉類要是沒有預早兩天拿出來用熱水泡着，臨急抱佛腳，就得準備個大斧頭劈之砍之，那就不但會急出尿，還會急出一殼眼淚來了。」故事

末了，在阿拉斯加苦捱而捱出病來的阿炳，「揣着七萬元血汗錢回到加州找醫生一看，才嚇得發軟，原來個肝臟快將變成廢物，要活命得設法找個換上去。」說真的，看這篇文章時的感覺是想笑又想哭，要笑的是古冬先生一慣的調侃幽默，要哭的是一個餐館人悲慘遭遇的感傷。古冬先生在文章中說「做工——賭博——睡覺是不少廚工的生活三步曲」。他要告戒他們，「錢要掙，但為錢而賭命，便值得三思而後『走』了」！

七、《A字背後》

　　而《A字背後》則是繼《宮保雞》之後古冬另一篇針對時弊的文章。他說的是一九九九年洛市一家電視台人員喬裝成洗盤碗雜工，分頭到各大餐館工作，卻暗藏微型錄像機，將廚房大佬挖鼻子、吃手指等種種不堪入目的舉動一一錄入鏡頭，然後帶回電視台公諸於世的事件。此事當時對餐館業包括中餐館的確造成巨大的衝擊。在一九九五年，中餐業因九七回歸前大批以食為天的香港人遷移到美國，從而能走出谷底再興旺起來。但這衛生風波，對當時的中餐館也可謂是個極大的打擊。由於民眾對餐館衛生持懷疑態度，消費躊躇，而衛生局也被迫實行ABC評級制加強管制，導致一大批不合格餐館被查封，中餐館從而又經歷一段低潮期。正如古冬所說的，「茶客不洗手，純屬個人衛生問題，但如果是茶樓點心師傅，則是個嚴重的職業道德問題了。病從口入，貴手沾滿細菌，想要我的命呀！」不過跟着而來的，不僅是餐館搞不搞衛生的問題，更涉及與衛生局「台底交易」的問題。好了，電視台此次一曝

光，衛生局也要動真格了。從這裡，從古冬的《A字背後》，我們又一次看到一個老牌餐館人敏銳的觀察力、分析力加一貫對餐館業的熱腸與關心；或者更應看到的是，那時已是退隱山林的古冬，對社會現象的關注與剖析，仍舊是如此的透徹與真誠。

二零零一年對美國餐飲業特別是中餐業而言，可謂繼一九九一年後又一個陰寒的冬季，本就乏力不振的經濟屋漏偏逢下雨，遇上九一一事件，航空旅遊業受到巨大衝擊，使得中餐館客源銳減。在這個非常的時期，古冬先生想告訴舊日的同行們，Take it easy（別緊張），一九九一時比現在更慘淡一些，但當時我們也這樣捱了下來，只要咬咬牙捱下去，黎明的曙光必定會重現的。

八、尾聲

本文的最後，筆者想代表我們的讀者（凡喜愛看古冬先生文章的人），向古冬先生敬個禮，因為那麼多年來，古冬以他的詼諧幽默及熱誠質樸的文筆為我們帶來這麼多篇令我們歡笑、感動、共鳴及獲得啟示的好文章。我們也希望古冬先生以後能堅持寫下去，在我們的廚房大佬工餘時，不再是只有賭博與睡覺，手中握着的，是古冬先生一份充實的精神食糧。我們更拭目以待古冬最新出版一輯餐館雜文《鮮河豚與松阪牛》。

國家圖書館出版品預行編目

百味紛陳 / 古冬著. -- 一版. -- 臺北市：秀
威資訊科技, 2009. 12
　　面；　公分. -- （語言文學類；PG0319）

BOD版
ISBN 978-986-221-349-0（平裝）

855　　　　　　　　　　　　98021029

 語言文學類　PG0319

百味紛陳

作　　　　者 / 古　冬
發　行　人 / 宋政坤
執 行 編 輯 / 林世玲
圖 文 排 版 / 鄭維心
封 面 設 計 / 蕭玉蘋
數 位 轉 譯 / 徐真玉　沈裕閔
圖 書 銷 售 / 林怡君
法 律 顧 問 / 毛國樑　律師
出 版 印 製 / 秀威資訊科技股份有限公司
　　　　　　台北市內湖區瑞光路583巷25號1樓
　　　　　　電話：02-2657-9211　傳真：02-2657-9106
　　　　　　E-mail：service@showwe.com.tw
經　銷　商 / 紅螞蟻圖書有限公司
　　　　　　台北市內湖區舊宗路二段121巷28、32號4樓
　　　　　　電話：02-2795-3656　傳真：02-2795-4100
　　　　　　http://www.e-redant.com

2009 年 12 月　BOD 一版
定價：300 元

讀 者 回 函 卡

感謝您購買本書，為提升服務品質，煩請填寫以下問卷，收到您的寶貴意見後，我們會仔細收藏記錄並回贈紀念品，謝謝！

1. 您購買的書名：＿＿＿＿＿＿＿＿＿＿＿＿＿＿＿＿＿＿

2. 您從何得知本書的消息？

　　□網路書店　□部落格　□資料庫搜尋　□書訊　□電子報　□書店

　　□平面媒體　□朋友推薦　□網站推薦　□其他＿＿＿＿＿＿

3. 您對本書的評價：(請填代號　1.非常滿意 2.滿意 3.尚可 4.再改進)

　　封面設計＿＿＿　版面編排＿＿＿　內容＿＿＿　文/譯筆＿＿＿　價格＿＿＿

4. 讀完書後您覺得：

　　□很有收獲　□有收獲　□收獲不多　□沒收獲

5. 您會推薦本書給朋友嗎？

　　□會　□不會，為什麼？＿＿＿＿＿＿＿＿＿＿＿＿＿＿＿＿＿＿

6. 其他寶貴的意見：＿＿＿＿＿＿＿＿＿＿＿＿＿＿＿＿＿＿

＿＿＿＿＿＿＿＿＿＿＿＿＿＿＿＿＿＿＿＿＿＿＿＿＿＿＿＿

＿＿＿＿＿＿＿＿＿＿＿＿＿＿＿＿＿＿＿＿＿＿＿＿＿＿＿＿

＿＿＿＿＿＿＿＿＿＿＿＿＿＿＿＿＿＿＿＿＿＿＿＿＿＿＿＿

讀者基本資料

姓名：＿＿＿＿＿＿＿＿＿＿　年齡：＿＿＿＿　性別：□女 □男

聯絡電話：＿＿＿＿＿＿＿＿　E-mail：＿＿＿＿＿＿＿＿＿＿

地址：＿＿＿＿＿＿＿＿＿＿＿＿＿＿＿＿＿＿＿＿＿＿＿＿

學歷：□高中(含)以下　□高中　□專科學校　□大學

　　　□研究所(含)以上 □其他＿＿＿＿＿＿＿＿

職業：□製造業 □金融業 □資訊業 □軍警 □傳播業 □自由業

　　　□服務業 □公務員 □教職　□學生 □其他＿＿＿＿＿

To：114

　　台北市內湖區瑞光路 583 巷 25 號 1 樓

　　秀威資訊科技股份有限公司　　　收

寄件人姓名：

寄件人地址：□□□

（請沿線對摺寄回,謝謝!）

秀威與 BOD

BOD（Books On Demand）是數位出版的大趨勢，秀威資訊率先運用 POD 數位印刷設備來生產書籍，並提供作者全程數位出版服務，致使書籍產銷零庫存，知識傳承不絕版，目前已開闢以下書系：

一、BOD　學術著作—專業論述的閱讀延伸
二、BOD　個人著作—分享生命的心路歷程
三、BOD　旅遊著作—個人深度旅遊文學創作
四、BOD　大陸學者—大陸專業學者學術出版
五、POD　獨家經銷—數位產製的代發行書籍

BOD 秀威網路書店：www.showwe.com.tw
政府出版品網路書店：www.govbooks.com.tw

　　　永不絕版的故事・自己寫・永不休止的音符・自己唱